聖樹の加護付き辺境で
スローライフを謳歌する
追放されたけど全属性魔法を授かったので
精霊や領民たちと楽しく暮らしてます
鈴木竜一 Illustration KeG

エノ村の
元気印
アイハ
クールな
若き大商人
クレイナ
CHARACTERS

心優しき
スナネコの少女
ラーシェ
聖樹に
選ばれた少年
リオ

「もしかしておまえは伝説の聖樹なのか——？」
俺が魔力を注ぐと、聖樹は一瞬の閃光を放った後、
虹色の魔力を雪のように降らせた。
荒野に降る虹色をした雪のような魔力。
それはとても幻想的な光景であり、
まるで小説の挿絵を見ているようだ。

聖樹の加護付き
辺境でスローライフを謳歌する

追放されたけど全属性魔法を授かったので精霊や領民たちと楽しく暮らしてます

鈴木竜一

Illustration KeG

目次

第一章　神託の儀式

揺れる馬車の中で、俺――リオベルト・ファルバーグは自分の黒髪をいじったり、深呼吸を繰り返したりして高鳴る鼓動を鎮めようとしていた。

「緊張しているのか、リオ」

「えっ？　……はい。少し不安で」

「ファルバーグ家の跡取りが情けない顔をするな。堂々としていればよいのだ」

「も、申し訳ありません」

反対側に座る父のアルベルト・ファルバーグからの言葉を受け、深々と頭を下げながら謝る。

このダヴァロス王国で、父上の名を知らない者はいないだろう。

長らく弱小貴族であったファルバーグ家だが、父上が当主になってからはさまざまな分野で功績をあげ、わずか一代で国内屈指の名家に成長させた実力者だ。

そんな父上のもとに生まれた俺は、幼い頃から剣術や魔法、さらには領地運営のノウハウなどを父上から叩き込まれた。俺自身、その期待になんとか応えようと、これまで努力を続けてきたのだ。

そして十五歳になり、これから神託の儀式を受けるために王都を目指している。

　この世界に生まれた者は、十五歳になると成人になった証として神からアイテムを授かる儀式があり、それを神託の儀式と呼ぶ。ここで授けられたアイテムによって、その者の未来が決まると言っても過言ではなかった。

　どんなアイテムを授かるのか……個人的には、さまざまな属性を駆使する魔法よりも剣術に役立つようなアイテムが理想だ。

　魔法には全部で七つの属性がある。基本的には修行を積むことで誰でも使えるようになるのだ。

　ちなみに、ひとりの人間に対して使える属性はひとつというのが一般的である。

　中には長年にわたる修行の末に複数の属性をマスターしたって猛者もいるらしいが、自分が生まれながらにして持つ属性と比較すると威力や性能には雲泥の差が出るという。ただ、それではあまりに非効率なので、自分の持つ属性の魔法を極めていくのが魔法使いの世界では常識とされていた。

　俺は風属性とされているが、生まれつきの魔力量から高威力の魔法を扱えるレベルに達するのは困難とも言われていた。

　だから、父上も得意だった剣術を志したが、仮に他の武器であっても使いこなしてみせる。

　すると、すぐ隣から俺に声をかける人物が。

「へっ、毎日飽きずにお勉強や鍛錬を続けている兄貴でもさすがにビビるんだな」

「い、いや、それは……」

「マオ。少し黙れ」

「へいへい」

悪態をつき、父上にたしなめられたのは双子の弟であるマオだった。

本名はマオベルト・ファルバーグといい、俺とは対照的に普段から勉強や鍛錬とは無縁の生活を送っている。

自堕落でお調子者の女好き。

直接現場を見たわけじゃないが、屋敷で働くメイドたちにも手を出しているっていうのはもっぱらの噂であり、そんな噂が流れても誰も疑わないくらい、普段の態度が軽薄でいい加減だったのだ。

父上は、マオに関してもうあきらめている節《ふし》がある。

ファルバーグ家は俺に継がせ、マオは一部領地を治めるよう家から出す——つまり、体よく追いだす予定だった。

とはいえ、そのような仕打ちが周りから同情されることもなく、半ば当然だろうと見ている者がほとんどであった。成人として認められる神託の儀式が終われば、マオはすぐにでも家を出て領主となるガウベル地方へ飛ばされるらしい。

代々ファルバーグ家の領地でありながら、ずっと放置されている不毛の大地——それがガウベル地方であり、父上は常々『マオにピッタリの場所だ』と言っていた。

「旦那様、まもなく王都へ到着します」

「分かった。おまえたち、そろそろ準備しろ」

御者からの報告を受けた父上は、俺たちにそう告げる。

いよいよ、か……気を引き締めるように深呼吸をしてから、拳を強く握った。


成人として認められる神託の儀式は王都に暮らす民にとって祭りも同然。

いつもは朝市が終わると途端に落ち着きが出てくる王都だが、この日は昼過ぎになっても喧騒はおさまらなかった。

特に、神託の儀式が行われる大聖堂の前は、十五歳になった若者の他、親だったり友人だったりとたくさんの人でにぎわっている。

俺たち貴族は平民とは違って特別席へと案内され、そこで開始の時を待つ。

しばらくすると、大聖堂の鐘の音が王都中に鳴り響く――これが、神託の儀式の始まりの合図だ。

俺とマオは控室から移動。儀式に挑む者たちは祭壇近くの席へと案内され、親や関係者は後方で見守る形式になっている。

全員が祭壇前に集まったことを確認すると、名簿に書かれた順番に従い、まずは貴族など身分の高い者たちから儀式に挑んでいく。

「ロドリアーノ家長男クリス・ロドリアーノよ、前へ」

「はい！」

儀式を取り仕切る司祭に名前を呼ばれた者は祭壇の前へと行き、そこに置かれた巨大な水晶玉の前に立った。司祭が神に祈りを捧げると、水晶は神のいる天界とつながるらしい。

実際、儀式が始まる前まではごく普通の水晶だったが、今は青白い光を放ち、まるでこれから儀式に挑む者を待ち構えているような気配さえ感じる。

この後、呼ばれた者は水晶玉の中へと手を突っ込む。すると、まるで水面のように水晶が波打ち、手はどんどん内部へと吸い込まれていく。やがて、なにか手応えを掴んだのか、水晶から手を引き抜くと、しっかりとアイテムが握られていた。

これは、水晶の向こう側にいる神が、その者に相応しいと思ったアイテムを渡しているのだという。

ちなみに、最初に呼ばれたクリス・ロドリアーノは古い魔導書を渡されていた。あそこには恐らく、彼がもっとも得意とするさまざまな属性魔法が記されているのだろう。そういえば、ロドリアーノ家は代々魔法兵団の幹部を務めてきた家系だったな。

自分に適したアイテムを授かったクリスは思わずガッツポーズ。それを司祭に注意されるとハッと我に返り、苦笑いを浮かべながら元の席へと戻る。

こうして、神託の儀式は上々のスタートを切った。

その後も次々と名前が呼ばれていき、滞りなく進行していった。

今年、神託の儀式を受ける若者は国内でおよそ二百人――数自体は平均的なものだが、今年に限っては内容が違った。

例年以上に授けられるアイテムの質が高いのだ。

数年に一度しか出ないようなレアアイテムが、続々と授けられている。それはつまり、この世代の若者の潜在能力が優れていることを意味していた。

「次は――マオベルト・ファルバーグよ、前へ」

「はい」

俺よりも先に、マオの名前が呼ばれた。

儀式が始まる前、父上は『どうせヤツにいいアイテムは授けられん。それならさっさと済ませて、おまえの結果を盛大に祝った方がいい』と語っていた。

父上はマオにまったく期待していないようだったが、かといって、確実に俺がいいアイテムを引き当てられるとも限らないのだが。

複雑な想いを抱きつつ、マオの結果を待った。

やがて、水晶の中でなにかを掴んでいる感触を得たらしいマオは、一気に腕を引き抜いた。

「おっ？　これって……聖杖《せいじょう》じゃねぇのか⁉」

マオが手にしていたアイテムは、魔法効果を最大限まで高められる攻撃特化の『聖杖』と呼ばれるもので、ここまで授けられたアイテムの中では、間違いなく最上位に位置づけられるレア度であった。

会場は騒然となる。

親族席に座る父上も想像を遥かに超える結果に驚愕していた。

聖杖といえば、超一流の魔法使いたちでさえ入手が困難と言われる超激レアのアイテムだ。

誇らしげに聖杖を掲げるマオを見て、正直「羨ましい」と思った。もし、先にあの場へ立っていたら、俺が聖杖を受け取っていたのかもしれない……いや、そんな単純な早い者勝ちって仕組みじゃないんだろうけど、どうしてもそう思えてしまうのだ。

会場のざわめきが消えない中、ついに俺の番が回ってくる。

「リオベルト・ファルバーグよ、前へ」

「はい！」

気合を入れて返事をし、祭壇にある水晶の前へと移動する。

「あれが優秀と噂の兄か」

「一体どんなアイテムを授かるんだ？」

「弟のマオベルト様が聖杖だったからな」

「きっと兄のリオベルト様はもっと凄いアイテムを授かるはずだ」

途中、儀式に参加している者たちの口からそのような言葉が発せられる。

おかげで、ようやく収まりかけてきた緊張がまたぶり返してきたよ。

「さあ、手を水晶へ」

司祭からの合図で、そこに手を突っ込む。

事前に聞いた話では、しばらくするとなにかを握っているような感覚になるというが……いつまで経っても、そんな手応えはなかった。

「どうかしたのか？　早く手を出すのだ」

他の者たちに比べて時間のかかっている俺を見て、司祭がそう促す。

手を出せと言われても、まだなにも掴んではいない――が、司祭が急かすのも分かる。これまでの流れで言うと、大体一分くらい経てば水晶玉から手を出していた。もうかれこれ五分以上手を入れているが、未だになんの変化もない。

次第に、周囲もざわつき始めた。

……これ以上は無理か。

アイテムを握っていないところを見せて、もう一度挑戦させてもらおう。

俺は手を水晶から引き抜き、なにも授かっていないことを証明するために手をかざす――と、その時、なにか小さな物が手から滑り落ちた。

「へっ？」

思わず、間の抜けた声が口から漏れる。

足元に転がった小さな物を掴んでよく見てみると、その正体が分かった。

「これは……植物の種？」

薄茶色の球体であるそれは、なにかの種っぽく見える。

……ちょっと待ってくれ。

まさか、これが俺に授けられたアイテムだと？

指先にすっぽり収まるほど小さかったら、握っていたかどうかなんて分からない。そういう意味ではいろいろと説明がつく。——だが、納得はできなかった。

しばらくすると、状況を察した周囲からの声が漏れ聞こえてくる。

「しょ、植物の種だって？」

「おいおい……一体なんの役に立つっていうんだ？」

「花屋でも始めろってお達しじゃないか？」

「評判のいい人だったが、もしかしてマオベルト様より格下なのか？」

「かもしれないぞ。いくらなんでもショボすぎる」

わずか数分の間に、俺とマオの評価は逆転していた。

視線が全身に突き刺さり、クスクスと嘲笑が聞こえる。

仮に、聖杖とまではいかなくても、引き当てたのがそれなりのアイテムならばここまで言われることもなかっただろう。俺もそれは想定していたのだが……まさか、こんな小さな植物の種を授かるなんて、夢にも思っていなかった。

「しかし、これは大事になるぞ」

「あぁ……ファルバーグ家の現当主であるアルベルト様は、兄のリオベルト様にすべてを継がせる気満々だったからな。今回の結果を受けて気持ちが変わるかもしれん」

ふと耳に入った周囲の言葉が突き刺さる。

なにより怖かったのは父上の反応だ。

それを知るために振り返ると……予想通り、怒りの形相で俺を睨んでいた。

しばらく茫然としていた俺だが、司祭に水晶の前からどくよう指示されて、ようやく離れた。

すると、そこへ勝ち誇ったような笑みを浮かべながらマオがやってくる。

「無様なものだな、兄貴」

「マオ……」

「やっぱり、神様は見れば分かるんだよ。——どっちが優れた人間か。まあ、せいぜいそいつを大切に育てるんだな。はっはっはっ！」

煽るだけ煽って、マオは立ち去った。

そんな弟になにも言い返せず、ただ拳を強く握って不甲斐なさに打ちひしがれる。

結局、それからのことはほとんど記憶に残らなかった。

屋敷に戻ってからもずっと放心状態であった。

夕食もまったくのどを通らず、神託の儀式で授かった種をただただジッと見つめる。思い浮かべるのは、「これが一体なんの役に立つのか」ということばかり。

考えられる使用方法といえば……やっぱり、土に植えて育てるのだろうか。

だが、それでどうなるって問題だよな。

とっても綺麗な花が咲きました――なんてオチじゃや、この先やっていけないだろうな。

神託の儀式で授かったアイテムにより大きく人生が変わるって話はよく聞くが、多くの場合は儀式の前より状況が好転している。逆に、俺は崖っぷちへと追い込まれていた。

どうしたものかと悩んでいたら、部屋のドアをノックする音が。

「リオベルト様、旦那様がお呼びです」

メイドが俺を呼びに来た。

「分かった。すぐに行く」

ついに来たか、とたまらずため息が漏れる。

きっと、お小言では済まないのだろうな。

嫌な予感しかしないが、行かないわけにもいかないだろう。

覚悟を決めて部屋を出ると、父上が待っている書斎へと向かう。目的地までは五分とかからず到着した。

「失礼します」

ノックをし、「入れ」と入室の許可をもらってからドアを開けた。愛用の執務机に座っていた父上は俺の入室とともにゆっくりと腰を上げてこちらへと歩み寄る。

全身からにじみ出る強烈な威圧感に、思わず後ずさりをしそうになった。

圧倒されているうちに、父上は俺の目の前まで来て足を止める。

「みなまで言わずとも理解しているな、リオ」

たったそれだけの言葉で、この先の俺の待遇を察せられた。

やはり、父上は――

「ファルバーグ家は聖杖を授かったマオに継がせる。ガウベル地方の領主にはおまえを任命する。明日にでも、国王陛下にそう伝えるつもりだ」

「っ⁉」

腹をくくって来たはずだが、やはり面と向かって突きつけられるとグサッとくるな。

「伝えることはそれだけだ。分かったのならさっさと準備をしろ。明日にはこの家を出ていってもらうぞ」

「あ、明日ですか⁉」

「なにか問題でもあるのか？」

ギロッと鋭い眼光が俺を射抜く。

このひと睨みで、俺がしようとしていた反論はすべて封じ込められた。なにを言われても、なにを訴えられても、結論を変えるつもりはない――父上の強い意志が込められた眼差しだった。

「せめてもの情けで、馬車くらいは用意してやる。それでガウベル地方へと移り住み、好きに暮らすがいい」

「……はい」

力なく返事をして部屋から出る。

想定していた中で、最悪の答えが待っていた。

これからの努力次第でどうこうできる範疇を越えているからな……こうなったら、せめて領主として立派に務めを果たせるよう努力していこう。

前向きに思考を変えたところで、ある問題が浮かび上がった。

「ガウベル地方、か……」

正直、俺はこの場所を「めちゃくちゃ荒れた土地」って程度の認識しかない。

荷造りをするためにも、せめて最低限の情報くらいは頭に入れておいた方がよさそうだな。

「……落ち込んでいても仕方がない。そうと決まったら、すぐに行動へ移さないと。時間はもうほとんどないからな」

不思議と、俺の中に悲壮感はなかった。

自分自身でも変だとは思うが……肩の荷が下りたっていうのかな。驚くくらい晴れ晴れとした気持ちだったのだ。

俺が領主となるガウベル地方とは、果たしてどんな場所なのか。

謎が多くて不安もあるけど、楽しみでワクワクもする。

今日しっかり寝つけるか、ちょっと心配になってきたな。

◇◇◇

翌朝。

案の定、昨夜はいろんな感情が入り乱れてなかなか寝られなかったが、朝はいつも通りの時間に起床できた。

外は旅立ちを祝うかのように雲ひとつない快晴で、涼しげな風が吹く絶好の旅日和となっていた。まるで、これからの俺の旅路を祝福してくれているようにさえ思えてくる。

朝食を終えて身支度を整えると、昨夜のうちに用意しておいた荷物を持って屋敷の外へと出た。

父上の話では、一応あっちに領主が住むための屋敷があるようなので、住居の心配だけはしなくていいらしい。それだけでも大助かりだ。

門前へ出ると、そこではふたりの人物が俺を待ち構えていた。

「ビーン、それにメアリーまで」

ひとりは初老の男性で、名前はビーン。

この屋敷に祖父の代から仕える庭師であり、小さい頃はよく遊んでもらったな。

もうひとりは三十代半ばの女性で名前はメアリー。

俺の教育係のひとりで、主に座学を教わった。

このふたりには、本当に今までたくさん世話になった。

父上の期待に応えるべく、幼い頃から厳しい鍛錬や勉強に明け暮れていた俺にとって、心安らげる場所などなかった。

しかし、ビーンとメアリーはそんな俺に優しく接してくれた。

どんな結果を残してもほとんど反応を見せなかった父上とは違い、ふたりはとにかく俺を褒めてくれた。

家族よりも家族らしい関係であったとさえ言える。

「リオベルト様……このたびは本当に……なんと言ったらよいやら……」

涙声でそう切りだしたのはビーンの方だった。

さらに、メアリーも続く。

「申し訳ありません……私が不甲斐ないばかりに……」

どうやら、彼女は教育係である自分のせいで俺があのようなアイテムを授かったと思い詰めているらしい。

「そんなことないよ、メアリー」

彼女にはなんの責任もない。

不甲斐ないのは、むしろ俺の方だ。

我慢しきれなくなり、泣きだしてしまったメアリーの肩をビーンが優しく抱き、再びその瞳は俺へと向けられる。

「お気をつけください……ガウベル地方は過酷な環境と聞きます」

「みたいだね」

荷物の準備をしつつ、可能な限りの時間を使って領地の情報をしっかりと頭に叩き込んでおいた。もともとはマオに向かわせるはずだった厳しい場所という想定はしていたのだが……資料を見る限り、俺の見立て以上に環境はハードかもしれない。

そもそも、書かれている環境が事実だとしたら、ガウベル地方に領民がいるのかどうかさえ不透明だ。

ともかく、「行ってみなければ分からない」っていう行き当たりばったりの答えしか出なかった。

「ふたりとも、今まで本当にありがとう。向こうで落ち着いたら、手紙を書くから」

「リオベルト様……どうか……どうかお元気で」

「あぁ。それじゃあ、行ってきます」

涙ぐむビーンと号泣中のメアリーに別れを告げると、馬車へと乗り込む――とはいっても、いつもとは違って、御者としてだが。

「目的地までは二日か……これもいい機会だ。少しゆっくりしながら周りを見て回るとするかな」

思えば、こんな気楽な気持ちで屋敷の外へ出るなんて今まで一度もなかった。

何度も外を出歩いているのに、まるで昨日までとは別世界に足を踏み入れたんじゃないかって思えるくらい、世界の表情は違って映った。

今までの俺は自由なようで自由じゃなかった。見えない鎖に縛られて、行動が制限されていたのだ。

それが今では、自分の考えでどこへでも行けるし、なんでもできる。

これこそが本当の自由なのだと実感するよ。

ついでと言ってはなんだが、立ち寄った各地でガウベル地方の評判について尋ねてみた。もしかしたら、書物では分からない、実際目にした人にしか伝えられないものがあるかもしれないと思ったからだ。

で、結果は――

「ガウベル地方？　あそこは人の住むところじゃねぇよ」

「昔は領民がいたって話も聞くが、今はとっくに死に絶えているんじゃないか？」

「前の領主が相当な悪党だったみたいでねぇ。多くの領民から恨まれていたって話だよ」

「呪われた地っていうのは、今のガウベル地方のような場所を言うんだろうなぁ」

散々な言われようだった。

生半可な気持ちではまともに領地運営ができないだろうなと改めて思い知らされる。

一方で、神から授かった種についても調べてみた……と言っても、これは紛れもなくただの種。一体なんの植物かは、育てて見なければ分からないという結論に至った。

しかし、ちょっと興味深い情報も得られた。

それは聖樹《せいじゅ》と呼ばれる伝説の木にまつわるものだ。

なんでも、聖樹は天を貫かんばかりに伸びるほどの大木らしいのだが、もとは神の生みだした小さな種って話だ。

これがもし事実だとしたら……神は俺に聖樹の種を授けたのかもしれない。

――まあ、これは希望的観測だ。

そう都合よくいくわけがないからな。

果たして、ガウベル地方での領主生活はどうなっていくのか。

先行きは不安だが、もう後戻りはできない。

やれるだけのことはやろう。

そう心に誓い、ガウベル地方へと向かった。

◇◇◇

結局、俺がガウベル地方に到着したのは旅立ってからちょうど一週間後であった。

土地や種の情報収集をするためとはいえ、寄り道しすぎたな……でも、その分、これまでに見られなかったいろんな風景を眺めることができて、いい経験になったよ。今では野宿もまったく苦にならなくなったし。

そんなこんなでマイペースに旅は進んでいき、気がつくとガウベル地方へと足を踏み入れていた。周りの景色も徐々に変化していくのだが……これがまた強烈なインパクトを放っている。

「おいおい……本当にここが領地なのか？」

馬車の上から辺りを見回していると、思わずそんなひとり言が口から漏れた。

ガウベル地方はまさにお手本のような荒野であった。

まず、植物らしい植物がない。一応、木はあるのだがすべて枯れており、痩せ細った枝にはひとつも葉っぱがついておらず、少し押しただけで倒れそうなほど華奢だった。さらに、地面には申し訳程度に雑草がポツポツと生えているのみ。

辺りには村や町が見えないどころか、人の気配さえまったくしないのだ。

「領民がいるかどうかも分からないって話だったけど……なるほど。確かに、これだけ荒れていると、人が住んでいるとは思えないよなぁ」

草木が育たないなら、野菜などの作物も育てられないって話につながる。そうなると、次に思い浮かんだのは家畜の飼育だが、これも難しそうだ。なにせ、餌になる雑草すら生えていないのだから。

領民がひとりもいないとなったら、ここでひとり暮らしになるのかな。

それは果たして領主と呼べるのかどうか……これは分からないな。

とりあえず、前の領主が住んでいた屋敷を目指して馬車を走らせるのだが、周囲の景色に変化は見られない。

どこまでも続く果てのない荒野。

そっくりな景色が延々と続いており、移動しているはずなのに進んでいないのではないかと錯覚してしまうほどであった。

馬車を走らせることおよそ一時間。

「あれ？　――あっ！」

同じ景色の続く荒野に初めて現れた変化にたまらず叫んだ。

視線の先にあったのは、紛れもなく民家である。それもひとつだけじゃない。まだかなり距離があるため正確な数を把握できないが、少なくとも三軒は存在している。ひょっとして、もともとは村だった場所なのかな。

「ていうか……本当にいたんだ、領民」

率直な感想が口をつく。

正直、これだけ荒れ放題だったら、すでに領民は誰もいないと踏んでいたのだが……いや、もしかしたら、家屋だけ残っていて誰も住んでいないってケースも考えられる。

目的地である屋敷も、あの辺りにあるみたいだし、ちょっと様子を見てくるか。

そう決めた俺は馬車の方向を変えて家屋のある場所を目指す。

やがて、ハッキリと家屋の姿が確認できる距離まで接近すると、驚くべき光景を目の当たりにする。

「っ⁉　ひ、人がいる⁉」

家があるのだから、人もいるに決まっているはずなのだが、あまりにも過酷な環境にあったため、家屋だけが取り残された状況であってもなんら不思議ではないと思っていた。

それがまさか、本当に領民がいるなんて。

しかもひとりだけじゃない――複数人の姿を確認できる。

さらに近づくと、領民のひとりが馬車に乗った俺に気がついたようで、こちらに向かって駆け寄ってくる。

よく見ると、それは茶色のショートカットヘアーがよく似合う可愛らしい女の子だった。年齢は俺と同じで十代半ばくらいか。

「もしかして、道に迷ったの？」

女の子は開口一番そんなことを言う。どうやら、俺を迷子になった旅人だと思っているらしい。……そりゃあ、まさか領主とは思わないよな。

馬車から降りると、人懐っこい笑みを浮かべる女の子の問いに答える。

「いや、俺の目的地はここだよ」

「えっ？　エノ村に？」

女の子は青い瞳を大きく見開いてそう言った。

地図には特に名前など記されていなかったが、ここはエノ村と呼ばれているらしい。暮らしている領民たちが後からつけたのだろうか。

不思議がっていると、他の人たちも気づいて近づいてきた。

今度は屈強な中年男性が四人。全員が険しい顔つきで俺を見つめている。どうやら、歓迎はされていないようだ。

「なにをしにこの村へ来た？」

見た目からして最年長と思われる男性が一歩前に出て俺にそう問いかけた。手には薪割りなどに使う斧が握られていて、それを軽々と片手で持ち上げているのだが……かなり鍛えられた肉体だ。

もしかして、元騎士団所属だったりするのか？

「答えられないのか？」

ずいっと迫られ、思わずたじろいでしまう。

父上の放つものとは異質の迫力だ。

だが、このままでは誤解はとけないと思い直し、背筋を伸ばして口を開く。

「新しくこのガウベル地方の領主となりました、リオベルト・ファルバーグといいます」

「りょ、領主だと⁉」

リーダー格の男性をはじめ、他の人たちもざわざわと騒がしく話し合っている。さっきの女の子だけはよく意味を理解していないようで、「りょーしゅ？　なにそれ？」と言ってカクンと首を傾げていた。

それにしても……俺としては当たり障りのない自己紹介をしたつもりだったが、ここまで大騒ぎになるとは。彼らにとって「領主」ってワードがいかにタブーであったのかが分かるな。

なかなか静まる気配を見せなかったが、リーダー格の男性が「落ち着けぇ！」と一喝した瞬間にみんなピタッと会話を止めた。

統率が取れているというか、みんなこの人の指示にはきちんと従うんだな。……でも、暴力を伴う恐怖心で縛りつけているわけではなさそうだ。どこか風格さえ感じる彼の堂々とした態度を見るに、この場にいる人たちはこの人の実力を認めているから、言うことを聞くのだろう。

「俺の名前はジェイレム・マクギャリー。このエノ村で村長をしている」

「ど、どうも」

人を束ねる能力が高いとは思っていたけど、まさか村長だったとは。

「さて、君はこのガウベル地方の新しい領主と口にしたが……本当にファルバーグ家の人間なのか？　それを証明できるか？」

「え、えぇっと……できないです」

せめて、使用人のひとりでもいれば状況は違ったのかもしれないが……荷物も必要最低限の生活用品しか持っていないし、あとは――

「あっ」

なにかないかとポケットの中へ手を突っ込んだら、〝それ〟を発見する。

あの種だ。

これが証明となるわけじゃないけど……なにもないよりはマシか。

俺は種を取りだし、それをジェイレムさんへと見せた。

「？　なんだ、それは？」

「種です」

「見れば分かる。俺が聞きたいのは、種を出した理由だ」

「神託の儀式で、この種を授かりました」

「なんだと……？」

ジェイレムさんの表情がより険しいものとなる。明らかに怒りの感情が浮かんでいる。神託の儀式という言葉を耳にしてから少し変化があったのだが……なにか、嫌な思い出でもあるのだろうか。

「あ、あの、ジェイレムさん？」

「……分かった」

「えっ？」

「俺の家に来てくれ。詳しい話はそこで聞こう」

「は、はい」

場所を変えて仕切り直しってわけか。……まあ、問答無用で追い返されるよりはずっとマシかな。領主といっても、後ろ盾なんてないも同然。父上やマオたちが協力してくれる可能性はゼロと判断して問題ないし。

ともかく、領主生活のこれからを占うジェイレムさんとの会談。

なんとかうまくまとめるしかないな。


話し合いの場所は、エノ村の村長であるジェイレムさんの家で行われることになった。

移動中、俺が最初に出会った女の子――アイハから、驚くべき情報がもたらされる。

「えっ⁉　君はジェイレムさんの娘なの⁉」

「？　なんでそんなに驚いているの？」

「い、いや、だって……」

こう言ってはなんだが、まったくもって似ていない。

母親似なのかなぁと思ったが、家には母親と思われる女性はいない。もしかしたらすでに死別しているのかもしれないと考え、それ以上は追及できなかった。

気を取り直して、ジェイレムさんに促されるまま、イスに腰を下ろす。テーブルを挟んで反対側の席にジェイレムさんとアイハが座って、話し合いを再開させる。

「それで、領主殿はなにをしにここへ？」

「も、もちろん、このガウベル地方を発展させるために――」

「どうやって？」

「うっ……」

なにも言い返せなかった。

本音を言わせてもらうと、まさかこれほど荒れ果てていたとは思いもしなかった。草木はほとんどないに等しいし、水源も見当たらない。

なにより、人口が数十人で最低限の家屋しかないこのエノ村の規模を考えると、農業、畜産業、林業、漁業、工業――どの産業に手をつけても、現状のままでは失敗するのが火を見るよりも明らかだったのだ。

さらに、ジェイレムさんは続ける。

「正直に言おう。俺は貴族って連中が嫌いでね。かつて住んでいた土地も、ヤツらの気まぐれで追いだされた」

「なっ⁉」

まさかそんな過去があったなんて。

「君がこの地へ来たのは、神託の儀式で役に立ちそうにない種を授かったからだろう？　剣とか魔法の杖とか役に立ちそうなアイテムじゃなかったから……そうでなければ、ファルバーグの子息がこんな辺境の地の領主になったりはしないだろう」

「そ、その通りです」

す、凄い。

まるで見てきたように全部言い当てた。

「先ほどは君を疑ったが……ファルバーグの名を語るリスクを冒すほどの価値がこの土地にあるとは思えない。少し調べれば分かることだしな」

この落ち着いた対応……みんながジェイレムさんをリーダーにした理由がよく分かるな。

「まったく……未だにそのような方法で人の良し悪しを判断するとは……だから貴族って連中は好きになれん。人間の真価など、神からの授かり物だけでは測れないというのに」

「ジェイレムさん……」

貴族嫌いと語る彼にとってはそういう価値観が理解できない様子だった。……でも、確かにそうだなとも思う。

「っと、話が逸れてしまったな。それで、君はどうやってこの地を発展させていくつもりでいるんだ？」

「……正直、具体的なプランはなにも浮かんでいません。でも、ここに人が住んでいる以上、現状のままにしてはおけません」

「そうか」

ジェイレムさんの反応は冷ややかなものだった。

「本当にできるのか？」と疑問に思っているのだろう。

ただ、俺もその疑問を跳ねのけるだけのプランを持っているわけではない。ついさっき到着した俺なんかよりも、ここで長く生活しているジェイレムさんたちの方が現実的な意見を出せる。

「………………」

俺の言葉を耳にしてから、ジェイレムさんはずっと腕を組んだまま黙っている。

きっと、「甘っちょろい考えだ」と思っているに違いない。

しばらくすると、おもむろに席を立つジェイレムさん。

表情ひとつ変えずに「ついてきなさい」とだけ言って家から出ていってしまった。

「どうしたの？　こっちだよ？」

ポカンと口を半開きにして茫然としていたら、一緒に話を聞いていたアイハが声をかけてくれた。

「あっ、い、いや……怒らせちゃったみたいで……」

「？　怒っているって、パパのこと？　それなら平気だよ」

「と、言うと？」

「今のパパは、ここ最近じゃ見られなかったくらい上機嫌なんだから」

「じょ、上機嫌？」

とてもそんな風には見えなかったぞ!?

しかめっ面のままだったし、口数も少ない……ま、まあ、そういういわゆる「誤解されやすい人」っていうのもいるにはいるけど、ジェイレムさんもそっちタイプなのかな。

なにより、娘であるアイハが言うくらいだから、きっと上機嫌って情報に誤りはないと思うけど……やっぱり、ちょっと信じられないな。

「ほらほら、行こうよ」

「わわっ！」

いろいろと考えていたら、アイハに腕を引っ張られて外へと連れだされる。案内されたのはジェイレムさんの家の真裏——そこには、直径十メートル以上はあるクレーターがあった。

「こ、これって……」

明らかに不自然な形をした地形を前に、思わず息を呑む。

果たして、この場所は一体なんなのか。

疑問を抱いていると、まるでそれを予知していたかのように、ジェイレムさんが詳細を教えてくれた。

「ここにはかつて、泉があったんだ」

「い、泉が？」

「数十年に及ぶ異常気象ですっかり枯れ果ててしまったがな。ここだけじゃなく、このガウベル地方全体に言えるのだが」

「それじゃあ、以前のガウベル地方って……」

「緑豊かで今とはまるで違う世界が広がっていたよ」

し、知らなかった。

ていうか、俺の読んだ書物にそんな情報は書かれていなかったぞ。

原因は異常気象……か。

書物への記載がない事実から、情報の共有はされていないのだろう。もしかしたら、国にとってなにか不都合な事実が隠されているのかもしれない。

——なんて、陰謀論を唱えたところでどうしようもない。

この環境でもできることをしていかなければ、俺たちに明日はない……これだけは揺るぎのない事実だ。

かつて、泉のあった場所の地面を撫でながら考える。

この先どうしたらいいのか……具体的なアイディアはやっぱり浮かんでこないけど、ひとつ分かったことがある。

俺は、まだこのガウベル地方についてなにも知らない。

この広大な荒野は、本当にもうどうしようもないくらい手遅れの状態なのか。それを見極めるためにも、まずはこの地方全体を見て回ろうと考え、それをジェイレムさんへと伝える。

「あきらめてはいないのだな」

開口一番、ジェイレムさんはそう言った。

相変わらず表情は無愛想なままだが、さっきまでに比べて驚いているような感じがする。しかし、俺からしたら領地の視察は当たり前だという認識があった。

「このガウベル地方の領主ですから。この地が発展できるように全力を尽くす——そのためには、この地についてしっかり把握しないといけないって痛感しました。この泉の存在だって、ガウベル地方に関する情報が書かれた本にはまったく記載されていなかったし」

実際にこの目ですべてを確かめてから判断すると決断した俺に、ジェイレムさんは賛同してくれた。

「そういう話なら、俺も力を貸そう」

「えっ？　い、いいんですか？」

「いいもなにも、俺は——いや、俺たちの住むエノ村はガウベル地方にある。領主がここを発展させようと必死になるなら、領民である我らもそれに協力するのは当然だ」

「ジェイレムさん……ありがとうございます！」

「礼はいらん。君が領主としてきちんと役目を果たそうとしている気持ちが伝わってきたからこそ、俺たちもできる限り手伝いをしなければならないと思ったまでだ」

表情に変化はないし、淡々とした口調だけど、信頼はしてくれているようだ。

かけられた期待に、俺も全力で応えないとな。

「じゃあ、明日から早速この近辺を見て回りたいと思います」

「分かった。なら、今日の夜は新たな領主誕生を祝って盛大にやるか。――アイハ、料理は任せるぞ」

「うん！　……とは言っても、食材自体はあまりないけど」

「そ、そんな無理をしなくていいから」

張りきってくれるのはありがたいんだけど、それで生活苦に拍車がかかるようでは意味がないからな。とりあえず、領民たちとの良好な関係構築についてはうまくいったみたいだし、今後の行動の目途は立った。根本的な問題解決につながるプロセスはなにひとつとして決まっていないものの、周りの環境を考慮したら滑りだしとして上々と言えるのではないだろうか。

まあ、何事も焦ったところで事態が好転するとも限らない。

着実にひとつずつ問題を潰していく作戦でいこう。

そんな風に考えをまとめた時、なにげなくポケットに手を突っ込んだら――

「あっ」

神託の儀式で授けられた種が。

すっかり存在を忘れていたな。

どうしたものかと悩むが、それはほんの一瞬。俺は泉のあった場所の真ん中付近まで足を運び、そこへ種を植えた。

「どうしたの？」

俺がついてこないことを不審に思ったアイハとジェイレムさんがやってくる。

「いや、こいつを植えておこうと思って」

「一体なんの植物なんだ、それは」

「分かりません。……でも、神託の儀式で神から授かった物ですから、きっとなにか意味があるはずなんです」

荒れ果てたガウベルの地できちんと育つのかどうか……そんな保証はどこにもないが、植えるタイミングとしてはこれ以上ないと踏んでいた。

これは一種の賭けってヤツだ。

神託の儀式で授けられたアイテムの性能はピンキリである。しかし、どれも役に立つものばかりだ。ただ、武器になり得ないという理由で父上は早々に見切りをつけたが……俺自身はまだ可能性を捨てきれずにいた。

この先どうなるのかまったく読めないけど、なにもしないよりはずっとマシだろう。

そんな気持ちで種を植え、持っていた水筒の水をかける。肥料もなにもないが、あとは育ってくれることを祈ろう。

「芽が出てくれるといいのだがな」

「期待薄かもしれませんが……待ってみます」

「きっと綺麗な花が咲くよ！」

しばらく植えた場所を眺めてから、俺たちは他の村人たちのもとへと戻ることに。

「そういえば、まだ屋敷へ案内していなかったな」

「あっ」

すっかり忘れていた。

前の領主が残していった屋敷を新たな住まいにするつもりだったのだ。

ジェイレムさんの話では、村のすぐ近くに例の屋敷があるらしく、案内をしてくれた――のだけど、そこで待っていたのは衝撃の光景だった。


「えぇ……」

屋敷を前にして、たまらず固まってしまった。

きっとオンボロだろうなとは予想していたが、俺の想像の三倍はオンボロだったのだ。

窓のガラスは粉々に砕かれ、ちょっと強風が吹いたらなにもかも根こそぎ吹っ飛んでいってしまいそうな耐久性……正直、人が住む家ってレベルじゃない。

「ここに住むのはなかなか大変そうだが……どうする？　しばらくの間はうちで寝泊まりをするか？」

「い、いいえ、大丈夫です。少し補強すれば」

「それなら私も手伝うよ」

「ありがとう、アイハ」

「村の連中も呼んでこよう。多少は木材もあるし、人ひとりが寝られるスペースくらいなら確保できるはずだ」

ジェイレムさんはそう告げて、作業中の村人たちを呼びにいく。

その間、俺とアイハは屋敷を一周して状況把握に努めたが……見れば見るほど、本当に修復して住めるようになるのかと疑問に思ってしまう。

しばらくすると、ジェイレムさんが村の男性たちを連れて戻ってきたのだが、それぞれが工具を手にしている。

どうやら、住んでいる家を自分たちで修理することが多いようで、この手の作業は慣れているらしい。俺からしたら大変頼りになるし、ありがたい。

もちろん、一方的にお世話になるわけにはいかないので、俺も自分にできる範囲でお手伝いをした。

みんなと一緒になって汗を流していると、ジェイレムさんから俺の境遇や本気でこの領地を立て直したいという思いがあると聞いた村人たちからたくさんの励ましの言葉を贈られた。

村人との交流から、俺はますますこのガウベル地方再建に意欲を燃やすようになっていったのであった。

——その後、とりあえず寝床を用意したり、床の補強をしたりと最低限の修復作業をしていき、それが終わる頃には辺りが暗くなり始めていた。

まだまだ完璧とは言えないので、俺が周辺の調査へ出向いている間にもう少し補強してくれるとのこと……ありがたくって涙が出てくるよ。

作業が終わると、村人たち全員と外でささやかな宴会で盛り上がる。

そこでみんなから教えてもらったけど、この村では土を利用してレンガをつくり、それを建築関係の職人に売って生計を立てている家が多いらしい。

ただ、そうした仕事で得た収入だけで生活のすべてをまかなえるわけではないので、時には荒野に生息する動物を狩って干し肉にしたり、牙や毛皮は町へ売りに行ったりするのが定番となっていると話してくれた。

ガウベル地方の環境では、どうしてもそういった手段に頼らざるを得なくなってしまうのだろうな。

この点は今後の参考にさせてもらおう。

アイハを含む村の女性たちの手料理は、ファルバーグの屋敷で食べていた料理と比較してしまうと豪華さはないものの、味は絶品。料理だけでなく、この地方に古くから存在している伝統的な楽器が奏でる音色に合わせて、村の人たちが歌や踊りで俺をもてなしてくれた。

　こうして、ガウベル地方領主就任初日は、思わぬトラブル続きとなったものの、領民たちとの絆を深めることができたのだった。

第二章　聖樹、覚醒

ガウベル地方で迎える初めての朝。

「うっ……」

窓から差し込む朝日を顔面に浴びてゆっくりと意識が覚醒していく。

「朝、か」

生活水準は劇的な変化を遂げたが、夜明けは平等にやってくる。

起こしに来てくれる使用人は誰もいない。

もう何度も経験したのに、未だ新鮮に感じるな。同時に、これからはなにもかも自分でしなければいけないという責任を再認識させられる目覚めとなった。

いろいろと考えを巡らせていたが、いつまでもこうしてはいられないとベッドから起き上がる。やらなければならないことは山のようにあるのだ。

とりあえず着替えようとしたら、

「大変だよぉ！」

「わあっ⁉」

なんの前触れもなくいきなり飛び込んでくる叫び声。それはアイハのものだった。

「ア、アイハ？　どうかしたのか？」

「大変なんだって！」

大慌てのアイハだが、その説明に具体性はまったくない。

ガラスのない窓から室内に入ってきたアイハは、俺の腕を掴んで外へと引っ張り出す。夢中になりすぎるあまり、俺の腕が彼女の胸にめり込んでいるのだが……まあ、おかげで完全に眠気が吹っ飛んだよ。


──ただ、アイハに案内された先に広がる光景を見て、驚愕のあまり飛び上がってしまう。

「こ、これは……」

目の前には信じられないくらい大きな木があった。この荒れ果てたガウベル地方には不釣り合いと言っていいほど青々とした葉を風に揺らし、まるで俺たち人間を見下ろしているかのようだ。

「な、なんてデカい木だ」

「あんなの初めて見たぞ」

「一体、なんであれだけの大きな木が泉のあったところに……？」

「なにか、よくないことが起きる前触れだろうか……」

村人の多くが、心配を口にしていた。

本来なら、あれだけの大きさに成長するのに何百年という時が必要だろうが、たった一夜で現れたのだから無理もない。まともな樹木じゃないのは明白だ。

不安げに大木を見つめる村人の中にジェイレムさんを発見し、声をかけた。

「ジェイレムさん！」

「りょ、領主殿」

あのジェイレムさんでさえ、明らかに動揺していた。

「これは一体……なにがどうなっているんですか？」

「俺にもなにが起きているのかサッパリで……」

そりゃそうだよなぁと思いつつ、再び大木へ視線を向けると――ある事実に気がつく。

「あれ？　あの大木がある場所って……」

脳裏に浮かび上がるのは、昨日の出来事。

神託の儀式で神から授かったあの種を植えた場所が、この大木の根が張っている部分に相当するのではないか。

「ま、まさか……」

この大木は、俺が昨日植えた種が成長した姿だとでも言うのか？

――いやいやいやいや！

さすがにそれはあり得ないだろ！

だって、植えてからまだ丸一日も経っていないんだぞ！

心の中で否定する言葉を並べてみるが……ダメだ。どれだけ「違う」と思っても、あの大木が視界に入るたび、「やっぱりそうなんじゃないか」と疑念が浮上してくる。

「どうしますか、領主殿」

ジェイレムさんが意見を求める。

そりゃあ、俺が領主なのだから、突如領地に出現したあの大木をどうするのか――最終的な決定は俺自身が下さなければならない。

……でも、もしあれが本当に神託の儀式で授かった種が成長したものなら、授けられた本人である俺にとってなにかしらの恩恵があってもおかしくはない。

それを確かめるためにも、まずは接近してみる。

「あの大木に近づいてみようと思います」

「っ！　危険じゃないのか？」

「それについてですが――」

俺は昨日の出来事に基づいた仮説を村人たちに話す。

にわかには信じられないって反応がほとんどだが……まあ、それが当然だろう。困惑が広がる中、真っ先に手を上げた人物がいた。

「私もついていく！」

アイハだ。

「あの木は大きくて、なんだか他の植物とは違った感じがするけど……それは悪いことじゃなくて、むしろこれからとってもいいことが起きる予兆だと思うの！」

力説するアイハ。

発言には根拠などなにひとつないのだが、不思議と説得力がある。なんていうか、彼女がそう言うならそうなのだろうと、疑わずに受け入れてしまうような感覚だ。きっと、アイハの純粋さがそう思わせるんだろうな。

エノ村の人たちも同じように感じたらしく、みんなアイハの言葉を受けて落ち着きを取り戻していた。

確証はないにしろ、あれが厄介な存在であるかどうかはまだ分からない。

あと、俺もアイハと同じように、あの大木からは嫌な雰囲気を感じなかった。とてもふわっとしていて、感覚的な話になってしまうが、彼女の言うように、俺たちに対して好意的な印象を受けたのだ。

この感覚は果たして正しいのか……真偽を確かめるためにも、やはり接近していろいろと調査するべきだろう。結果次第では、王家に報告しなければならないかもしれないし。

――と、いうわけで、俺と村長であるジェイレムさん、さらにアイハを含む村人数人で大木の調査へと乗りだすことにした。

「大丈夫だとは思いますが、念のため、モンスターなどの襲撃にも注意してください。木の幹の中に潜む昆虫型モンスターなんかもいますから」

「了解だ」

対モンスター用に、農機具を武器代わりにして装備すると、少しずつ大木との距離を詰めていく。

「近くで見ると凄い迫力だね」

「あ、あぁ……」

アイハの言う通り、接近してみると改めてその大きさに圧倒される。王都のシンボルでもある時計塔よりも大きいんじゃないか？

「しかし……これ以上近づいても大丈夫か？」

不意に、ジェイレムさんが不安を口にする。

……気持ちは分かる。

大きさもそうなんだが、気配と呼べばいいのかオーラと呼べばいいのか……もっと言ってしまえば、大木からはこの世のものではない、神々しさのようなものさえ感じてしまう。

だから、迂闊に近づくと神罰が下る気がして、足を止める。

そんな気持ちを抱いているのは俺だけかと思ったが、他の村人たちも同じらしい。

だからといって、このまま放置しておくのも不安だ。

あの樹木からは魔力を感じる――すなわち、なにか特殊な力を秘めている可能性が高いと言えた。

「さて、どうしたものか……」

全員、これ以上近づくことをためらっていた。

やはり、距離を詰めて見ると、進むのがためらわれるオーラがにじみ出ているな。

――けど、それではなにも解決しないのだ。

あの大木が俺たちにとって害をなすものかそうでないものか。それをハッキリさせるためにもさらに近づき、詳しく調査しなければ。

気がつくと、恐怖心よりも好奇心が上回っていた。

あの樹木に得体の知れない脅威を感じなくなっていたのだ。むしろもっと近い……親近感のような気持ちが湧いてきている。

……知りたかった。

なぜこのような気持ちになるのか。

大木に直接触れたら……なんだかそれが分かる気がした。

なぜ神があの種を俺に授けたのかを――

「……ジェイレムさん」

「どうした？」

「もっと近づきませんか？」

「い、行くのか？」

「大丈夫ですよ。あの木は……大丈夫です」

言い聞かせるように、何度もそう繰り返す。

それはただの憶測――いや、それにすら届かない。

俺の胸中に浮かび上がる「きっと大丈夫」という感覚だけで話している――のだが、きっとそうなるだろうって確信があった。最初は悩んでいたジェイレムさんも、俺があまりにも自信満々に言うものだから、最後には「分かった。君を信じよう」と告げ、アイハや他の村人たちも続いた。

泉の真ん中にある大木へと近づくと、その全容がよりハッキリと見えてきた。

まず驚いたのは「根」だ。太く、そして大量の根が複雑に絡み合っている。恐らく地中はもっと凄いのだろう。

「この根の上をつたっていけば、さらに奥まで調べられるが……」

巨大な根によじ登って、そこからさらに大木へと接近していくジェイレムさんの案を採用し、早速俺たちは巨大な根に迫る。

「改めて見ると……凄い迫力だ」

より近くで見ると、その大きさに圧倒される。

息を呑むっていうのは、まさに今のような状況を言うんだろうな。

巨大な根は成人男性複数人が横に並んで歩けるだけの幅で、ちょっとやそっとでは微動だにしないほどの強度を誇っていた。ここまでくると、樹木よりもはやひとつの島って感じがする。

本格的な調査を前に、巨大な根の上から周囲を見回していた俺たち。

俺も異常はないかチェックして回っていたら、

『――――』

「うん？」

誰かに呼ばれた気がして振り返るが、そこには誰もいない。

あるのは例の巨大樹木のみ。

「まさか……おまえが呼んだのか？」

あるわけがないと思いつつ、尋ねてみる。

――と、その時、頭上にある木の枝が風もないのにユラユラと揺れ始めた。まるで、俺の質問に対して「そうだ」と言わんばかりに。

「えっ？　ホントに？」

思わず引きつった笑みがこぼれる。

俺の声に応えたっていうのか？

まるでこの木と意思の疎通ができているようだ。

ただの偶然と処理してよいのか？

しかし、タイミングよくそんなことが起こるだろうか……。

「もしかして……」

さまざまな考えが頭の中をグルグルと旋回する中、まるで目には見えない力に引っ張られるかのように樹木の幹へと近づいていった。

……どうしてこのような行動に出たのか、論理的に説明することはできそうにない。あえて理由をつけるなら、「それが正しい行動だと思ったから」だろうか。もっと言えば、そうしなければならないと感じていたのだ。

一歩、また一歩、樹木へと近づいていく。

やがて、幹のすぐ目の前までやってきた。

一夜にして育ったわりに、まるで何百年もその場にいたと錯覚させるほど、樹皮には年季の象徴とも言えるシワが刻み込まれていた。

俺の手は自然と大木へ伸びていた。

そして、幹に触れる――直後、全身に強力な魔力が走った。

「おわっ⁉」

驚き、思わず手を放して尻もちをつく。

「い、今のって……」

一瞬だけ触れた右の手の平に視線を落とす。

触れた瞬間に感じた、強力な魔力。

冬場に金属へ触れた際に発生する静電気のような感覚だったけど……なんだろう。もっと触れてみなければって気持ちになる。

恐る恐る、もう一度大木の幹へ手を伸ばし、触れてみた。

次の瞬間――脳内に俺の中には存在しない「記憶」が流れ込んでくる。

見渡す限り緑一色の大平原にたたずむ巨大な木。かなりの老木なようで、葉のほとんどは枯れており、萎びているという印象を受ける。

どうもその場所は俺たち人間のいる世界とは異なるように思えた。ひょっとして……神や天使が住むと言われる天界か？　――そうに違いない。

そんな考えが浮かんだ時、ハッとなる。

確たる証拠もないのに、なぜ頭の中に浮かび上がるこの場所が天界だと断言できるのか。

それは……今浮かび上がった情報のすべては、この大木の記憶そのものだからだろう。

「おまえは天界から来たのか？」

俺が尋ねると、さっきと同じように木の枝が風もないザワザワと揺れ始める。正解と見て間違いなさそうだ。

となると、こいつは天界から来た巨大な木？

「天界に生える木って……もしかして、こいつは伝説の聖樹じゃないのか⁉」

思い浮かんだ可能性を口にした直後、またしても木の枝が揺れる。

どうやら、俺の予想は的中したようだ。

最初に手を触れて魔力を感じた時から、薄々そうじゃないかとは思っていた――が、まさか本当にあの伝説の聖樹だったとは。

――つまり、神から聖樹の種を授かったってわけか。

「どうかしたの？」

聖樹に触れたまま動かない俺を心配し、アイハが声をかけてくる。

「大丈夫だよ、アイハ。それより……この木はとんでもない可能性を秘めている」

「えっ？」

アイハは俺の言葉が信じられない様子だった。

無理もない。

恐らく、俺がこうして聖樹の記憶を覗き見れたのは、神託の儀式で種を授かったからだろう。

やはり、あれには深い意味があったんだ。

続いて、聖樹に触れている手に自身の魔力を込めた。

誰かに「やってみろ」と提案されたわけじゃない。なんだか、「そうしろ」って聖樹にせっつかれた気がしたのだ。

すると、他のみんなの目にも見える変化が発生する。

「おぉっ!?」

「こ、これは……」

「凄ぇ……」

周りから漏れ聞こえる声――どれも、驚きと興奮に満ちていた。

俺が魔力を注いだ瞬間、聖樹は一瞬の閃光を放った後、虹色の魔力を雪のように降らせたのだ。

荒野に降る虹色をした雪のような魔力。

それはとても幻想的な光景であり、まるで小説の挿絵を見ているようだ。

「凄く綺麗……」

うっとりと見惚れていたアイハだが、なにかに気がついて顔が強張る。

「ね、ねぇ、領主様……これって大丈夫なの?」

未知の現象に少し怯えたような反応をする。不安そうに寄り添う彼女を安心させるため、微笑みながら真相を語った。

「大丈夫だよ、アイハ。これは聖樹が俺たちを祝福してくれているんだ」

「しゅ、祝福? それに聖樹って?」

「あぁ……その点については、後でジェイレムさんたちと一緒に説明するよ。――それからさ」

「なに？」

「俺のことはリオでいいよ」

「っ！　う、うん！」

ようやく彼女らしい笑顔を見せてくれた。

領主と領民の関係ではあるが、せっかく知り合えた同世代なのだ。これくらいフランクに接しても罰は当たらないだろう。俺としても、学園でいろいろと学んだり、友人をつくったりする機会を失ったわけだしね。

アイハと話していると、再び聖樹が俺に魔力を通してなにかを伝えてきた。

相変わらず、具体的な言語で内容を簡潔にまとめるって器用さはないみたいだが、それでも、聖樹が俺になにをするべきか、導いてくれる。

「……そういうわけか」

ボソッと呟き、両手を空へと掲げる。

「なにをしているの？」

「この魔力を取り込むのさ」

そう告げた直後、降り注ぐ虹色の魔力は俺の全身へと溶け込んでいく。

「りょ、領主殿⁉」

突然の事態にジェイレムさんを含む大人たちは動揺しているようだが、俺としてはこの行為を聖樹が推奨してくれているため、特に迷いや恐怖を感じなかった。

むしろ――逆。

なんだか安心感さえ覚えるのだ。

しばらくすると、俺の全身に聖樹の放った虹色の魔力が馴染む。

「こんな感覚……生まれて初めてだ」

たとえるなら、全能感ってヤツかな。

虹色に輝いていたのは、きっと七つあるとされる全属性の魔力を含んでいたからだと推察できた。

つまり、あれを取り込んだ今の俺は、あらゆる属性の魔法が使える可能性がある。

――さらに、聖樹の訴えはこれだけにとどまらない。

今度は両手の平を聖樹の幹へとつけた。

「ま、まだなにかあるの？」

「聖樹がこうしろって俺に囁いているんだ」

「？」

こればっかりは口で説明しても伝わらないだろうな。

でも、実際、聖樹は虹色の魔力を通して俺にそう訴えかけている。

やがて、意識を集中させるために目を閉じ、手の平から取り込んだその虹色の魔力を聖樹の幹へと注いだ。俺の魔力と聖樹の魔力――ふたつを混ぜ合わせるような感じだ。

触れた場所から、聖樹との一体感が強まっていく。

「いいぞ……これなら！」

俺は閉じていた目を開き、魔力を一気に解き放つ。

すると、触れていた幹の部分が大きく変化していき――やがてそれは扉の形になった。

「えっ⁉　と、扉⁉」

「これは……どういうことなんだ？」

アイハとジェイレムさん、その場に居合わせた村人たちは突然現れた扉に困惑。

けど、俺にはこれが聖樹の導きであると魔力を通して分かっていたし、この扉の向こうになにがあるのかも聖樹は教えてくれた。おかげで、臆せず扉へと手をかけられる。

「行ってみよう」

「だ、大丈夫なの？」

「心配ないよ」

動揺を隠しきれないアイハたちをなだめつつ、扉を開けて聖樹内部へと足を踏み入れる。

「おぉ……」

入った瞬間、思わずそんな声が口からこぼれ落ちた。

内部はとても広く、天井も高い開けた空間だった。エノ村の住人が全員移り住んでも余裕がありそうだな。

——が、それだけ。

あとはなにもなく、殺風景であった。

「なにもないね……」

「あぁ……」

真っ先に内部の真ん中までやってきた俺とアイハは、高い天井を見上げながらそんなことを言い合う。それは裏を返すと自由に改装できる余裕があるという意味にも通じるのだ。

「ここに家具を置いたら、部屋として機能しないかな」

「しかし、窓もなにもないのでは暮らしにくいのでは?」

後からやってきたジェイレムさんが、部屋を見回しながら指摘する。いくら広い空間といっても、あくまでもここは聖樹の内部。人間が暮らせるような設計になっていないのは当然の話だ。

……けど、これに関しては解決策がある。

「ないのなら——つくればいいんですよ」

「えっ?」

ジェイレムさんにそう告げた後、内部の壁へと近づいていく。やがてそれに手を触れると、先ほどの扉と同じように、壁の一部が窓へと変化した。

「「「「うおぉっ⁉」」」」

村人たちから歓声があがる。

「お、驚いたな……領主殿が望んだように変化するとは」

「それだけじゃないですよ。この大木が伝説にある聖樹だったら――一度、外へ出てみましょう」

「む？　わ、分かった」

ひとつ確認したいことがあって、みんなと一緒に入ってきた扉から外へと出る。

すると、聖樹の中へ入る前にはなかった現象が起きていた。

「あっ！　凄い！　水が！　水が溢れてるよ！」

驚きと喜びが入り混じり、声が弾むアイハ。

聖樹の根から魔力を含んだ綺麗な水――いわゆる聖水が溢れだしていた。その勢いは凄まじく、あっという間に辺りが水浸しとなる。この調子なら、とっくの昔に消滅したはずの泉も復活していくだろう。

水は泉から出て、乾いている大地を潤すように外へ外へと広がっていく。あの時は完全に干上がっていて気づかなかったが、どうやらこの泉を起点にして四方に川が流れていたらしい。

今、聖樹の力によって失われていた川も完全復活を果たしたのだ。

魔力を含んだ聖水ならば、死んだ土壌もよみがえるはず。

この環境の変化はガウベル地方全体の復活――だが、これはほんの序章にすぎない。

「ど、どうしてこんな……」

「伝説では聖樹が持つ環境改善能力によって、枯れ果てた大地を一夜にして草原に変えたとも言われています」

「せ、聖樹……？　この木が聖樹だと？」

困惑するジェイレムさんに、「そうです」と断言する。

虹色の魔力。

乾いた大地に染み渡る聖水。

短時間のうちに、十分すぎるほど成果を出してくれた。

なにもない荒野だったガウベル地方が生まれ変わる上で、聖樹はこれ以上ない強力な助っ人となるだろう。

「領主殿が神託の儀式で授かった種の正体があの聖樹だったとは……」

「聖樹？　聖樹ってそんなに凄いの？」

「もちろんだ！　このガウベル地方は生まれ変わるぞ！」

力強く言い放つジェイレムさんは震えていた。

長らくこの土地に住み、大変な思いもしてきただろうからな……この地が復活すると分かって、これまでの苦労が報われる気持ちなのかもしれない。

一方、他の村人たちは聖樹についての知識がないようで、まだピンときていない様子であったが、さすがに枯れ果てた泉が水で満たされている状況を目の当たりにすると、ようやく事態を把握して騒ぎ始めた。

「凄ぇ！」

「これが聖樹ってヤツの力か！」

「なんでも、領主様の持ってきた種から育ったらしいぞ！」

「本当か⁉」

「だったら、領主様は俺たちの救世主だ！」

め、めちゃくちゃ盛り上がっているな。

確かに、聖樹は俺を受け入れてくれて、虹色の魔力を託してくれた。おかげで、体の奥底から力が溢れてくる。

「あれ？　もしかして……」

虹色の魔力を取り込んだわけだから、全属性の魔法が使用可能になった――と、伝説にある聖樹の力を思い出せばそういった結論が導きだされる。

ただ、それがもし事実だった場合……とんでもない事態だ。

「……試してみるか」

聖樹の持つ虹色の魔力には常識を覆すだけの効果がある。

なにせ、属性を増やすために必要な長期にわたる修行などを吹っ飛ばし、おまけにすべての属性が使用可能になるのだから。魔法使いであれば喉から手が出るほど欲しいだろう。

ちなみに、俺の持つ魔力属性は風だった。

もし、神託の儀式でまともなアイテムを授かっていたら、今頃は王立学園に通い、風魔法の特訓をしていた。きっと、他にも属性を増やそうと思うはず。

それがこうもあっさり実現するとは……逆にちょっと怖さもあるな。

聖樹の持つ特殊な能力に震えつつも、まずは本当に伝説通りなのかどうか確かめなければという本題に戻る。

といったわけで、本来ならば俺が扱えないはずの炎魔法に挑戦してみようと思い立ち、魔力を練り始める。

無邪気に泉の水をかけ合って喜んでいる村人たちの横で意識を集中させる。

すると、早速変化に気づく。

「これは……凄いな」

聖樹に触れるまで、俺の魔力量は平均よりちょっと高いくらいのものだった。

それが今ではどうだ。

ただ単に属性が増えただけではなく、純粋な魔力量も桁違いに増幅していたのである。

「よし！　やるぞ！」

短く決意を口にしてから、魔力を炎に変える。

大事なのはイメージ。

具体的な炎の姿を頭の中に思い浮かべていくうちに、少しずつ魔力は質を変化させていき、やがて、手の平に集まっていた魔力は火柱となった。

実は昔から憧れがあったんだよなぁ、炎魔法って。

風魔法が嫌ってわけじゃないけど、目に見える派手さがない点がちょっと残念だったんだよね。

あっちはあっちで便利なのだが……派手さは炎魔法や雷魔法には劣ってしまう。性能優先の魔法兵団であれば、そんな些細な理由で属性を判断するなって怒られるだろう。

ともかく、前からずっと使ってみたかった炎魔法が操れると分かった俺のテンションは著しく上昇した。

「やった！」

嬉しさのあまり、思わず叫んでしまった。

その声に反応して全員が振り返り、俺の右手を炎が包み込んでいる信じられない光景に一瞬思考が止まる。

約十秒後。

ようやく事態を把握すると、大騒ぎになった。

「な、なにがあったんだ、領主殿！」

ジェイレムさんは大急ぎで泉の水を俺に浴びせる。

「ぶはっ⁉　ジェ、ジェイレムさん⁉　ちょっと待ってください⁉」

まさかそうくるとは思っていなかったので、さすがに俺も慌てる。アイハや周りにいた村人も俺に水をぶっかけようと構えていたため、すぐさま事情を説明した。

「大丈夫ですよ！　これは魔法ですから！」

「ま、魔法？」

キョトンとした顔で呟くアイハ。

他のみんなもそうだけど、どうもあまりピンときていないような反応だな。まあ、村の現状を見る限り、魔法には縁遠いのだろうけど。

ただ、もちろん魔法というものがなんなのかって最低限の知識は持ち合わせている。単に実物を見たことがなかっただけで、俺が突然炎上したわけではないと分かってホッとしたようだった。

「しかし、どうしてまた急に魔法を？」

「これも聖樹のおかげなんですよ。この虹色の魔力を取り込むことで、俺はあらゆる属性の魔法を扱えるようになったみたいです」

「あ、あらゆる属性の魔法を……？」

ジェイレムさんはそれがなにを意味しているのか理解したようで、固まっていた。

「さすがにこれ以上は驚かないと思っていたが……まさか全属性の魔法を使いこなせるなんて……」

「でも、実際に使いこなせるようになるには、これから鍛錬を積んでいく必要があるんですけどね」

「いやいや、それでも十分凄い！」

大興奮のジェイレムさん。

さらに、事情を聞いた他の村人たちも歓声をあげた。

ガウベル地方は生まれ変わる。

さっきジェイレムさんが口にした言葉だけど……俺もそれを確信した。

今すぐには難しいかもしれないけど、聖樹と虹色の魔力が必ず実現してくれる――そのためにも、俺がもっとしっかりしなくちゃな。

気持ちも新たに、再び聖樹内へと足を踏み入れた。

あと、心配しているだろうエノ村に残っている人たちへ、この聖樹にまつわる事実を一刻も早く伝えてあげてほしいと、聖樹の魔力で手漕ぎボートを作ると、一部の村人を報告役として送りだした。

可能であれば、みんなをこっちへ連れてきてほしいとも付け加えておく。聖樹は危険なものではないし、今後の村の生活にとって非常に重要な役割を果たすだろう。これをエノ村に住む全員に理解しておいてもらいたかったのだ。

「これからどうするの？」

聖樹内へと戻り、辺りをキョロキョロと見回している俺に、アイハが不思議そうな顔をしながらそう尋ねてくる。

「この聖樹の中は、俺の好きなようにアレンジできると分かったからさ。――ここを新しい屋敷にしようと思って」

「えっ⁉　聖樹をお屋敷に⁉」

「また大胆な発想だな」

一緒に来ていたジェイレムさんも驚きの声をあげる。

――が、すぐにあのボロボロになった屋敷を思い出して、考えを改めたようだ。

「さっきのように、窓をつくれるなら他にもいろいろとできるはずだ。決して不可能じゃないと思う」

「そうです。ある意味、この世界のどの貴族の屋敷よりも安全で強固な住まいになると思いますよ」

周囲は上質な魔力で覆われ、内装と外装は自由にカスタムし放題。

低コストでありながら最上リターンが見込めるなんて、最高じゃないか。

「とりあえず、この広い空間にいくつかの部屋を設けようと思います。高さもあるから、二階建てにできそうかな？」

「わぁ……」

俺の構想を耳にしたアイハは、うっとりとした表情で天井を見上げていた。きっと、完成した姿を想像しているのだろう。住むのは俺だけど、彼女の期待に応えられるような屋敷にしたいところだな。

思い浮かべたビジョンを実現するため、床に手を置いて魔力を注ぐ。

脳内に浮かぶイメージを直接聖樹へと伝えると――足元が盛り上がったり、一部空間が広がったり、周囲の様子が徐々に変化していった。

「わわっ⁉」

「まいったな……まだ俺たちを驚かせ足りないらしい……」

アイハは急激な周囲の様子の変化に戸惑い、ジェイレムさんからは半分呆れとも聞こえるような声が漏れる。

無理もない。

聖樹の力があれば、改装も職人いらずの早業で可能となる。本当に便利な能力だとつくづく思うよ。

「ふぅ……とりあえずはこんなものかな」

聖樹内部が変化を遂げ始めてからおよそ五分後。

そこには、先ほどまでとはまるで違う光景が広がっていた。

殺風景でなにもなかった空間に壁ができ、扉がついて、光を取り込むための窓も設置されていた。すべては聖樹の魔力によって生みだされたものである。

天井は低くなったものの、その分、二階建てとして機能するようになっており、一階部分には俺の寝室やら執務室、さらには応接室も用意した。

二階にある部屋の用途については未定だが、ドアが設置されていて、そこから外へ出られる。聖樹には人が歩いても問題ないくらい太くて強固な枝があるため、そこに落下防止用の柵を立て、歩き回れるようにするつもりだ。言ってみれば、庭代わりだな。

「素晴らしい力だ！」

完成した内装を見たジェイレムさんの叫び声が響き渡る。

ちょうどその時、外がなにかと騒がしくなっていることに気づく。

どうやら、村人たちが到着したようだ。

俺たちはすぐに外へ出て、手漕ぎボートで移動する彼らを迎えた。

やってきたのはかなりの人数——って、これもしかして、本当に村人全員来ているのか!?

「領主様！　みんなを連れてきました！」

「おぉ！　領主様だ！」

「本当に領主様が聖樹の主なのか！」

村人の中には聖樹の存在を知っている者もいたらしく、初めて見る本物に思わず涙を流すほど感動していた。

ざわつく村人たちへ、俺は聖樹の安全性や虹色の魔力の件について説明していく。

そして——ここからが本題だ。

「聖樹の根から溢れでた水によって、泉が復活しました。あそこにある水は普通の水とは違って、魔力を含んだ、いわゆる聖水と呼ばれるものです」

「せ、聖水？」

それがどうかしたのかって反応だけど……これこそ、この荒れ果てたガウベル地方をよみがえらせる切り札なのだ。

「聖水の力がこの地に染み渡れば、草木が生えるようになり、土壌は回復します——つまり、農業が可能になるんです」

「「「「えっ!?」」」」

これが、もっとも分かりやすい説明だろう。

現に、村人たちのざわつきはこれまででもっとも大きなものとなった。

「ほ、本当ですか、領主様！」

「はい。だから、畑をつくる場所を決めていこうと思います」

野菜ができれば、食糧問題は一気に解決する。さらに収穫が見込めるようなら、よそへ売りに行ってもいい。

幸い、ここは隣国と国内最大の商業都市バノスの中間地点にある。

両国の商人が行き来をするのに通る道なので、これからは宿屋や屋台を用意すれば、彼ら商人にとって休憩できるいい中継点になると考えていた。

こうした俺の考えを実現させる第一歩が、畑づくりになる。

「そういうことなので、領主殿の言うように、これから畑の場所の割り振りを決めていく」

ここからの仕切り役はジェイレムさんに交代。

彼は村人の事情を把握しているから、的確に分配してくれるだろう。

その間、俺はアイハとともに少し離れたところで周囲を見回した。

「こんなにたくさんの水がある場所なんて、初めてだよ！」

改めて泉を眺め、そう呟くアイハ。

彼女は生まれた時から、荒れ果てた状態のガウベル地方しか知らないからな。

感動している彼女に声をかけようとしたら――

「あぁっ⁉」

突然、アイハが叫んだ。

「ど、どうした⁉」

「これを見て！」

アイハが指さした先には岸がある。そんなところに一体なにがあるのかと視線を向けて……驚愕する。

「あれ……草？」

岸にはほんのわずかだが、地面に草が生えていた。そこはついさっきまでなにも生えてはいない、ただの地面だったはずなのだ。

「まさか、この短時間で新しく生えてきたのか？」

だとしたら……とんでもない成長スピードだ。

ただ、理由については見当がつく。

聖樹の根が浸かる泉には、魔力が溢れていた。

あの虹色の魔力の影響なのだろうが……魔法の中には、植物の成長を促進させるものもあるし、あながち的外れな考えではないと思う。真相についてはもっと詳しく調べてみないと分からないが、これが正しければ俺たちにとって大きくプラスに働く。

「泉の水に含まれる魔力が植物の成長に好影響を与えるなら……この村の農業を後押ししてく

れるかもしれない」

希望的観測ではあるが、決して夢物語ではない。

それに、この泉を起点にして四方に新しく川が流れ始めている――この川がガウベル地方全体に行き渡ればここと同じ効果が得られるはずだ。

うまくいけば、これまでとは違った緑豊かな大地へと変貌するかもしれない。

……まあ、さすがにそこまでうまく事は運ばないのだろうけど、希望は見えてきたな。

「楽しみだな」

「？　なにが？」

「これからのことだよ。きっと、この泉はエノ村を劇的に変えてくれる」

「泉より……やっぱり、聖樹の存在が大きいんじゃないかな」

優しげな声でそう言うと、アイハは聖樹を見上げる。

つられて俺も視線を上げてみたのだが、そこで空が橙色に染まり始めていることに気がついた。怒涛の展開に時が経つのも忘れていたが、もう夕方だったのか。

「こうして見ると、いつも眺めているはずの夕陽もなんだか違って見えてくるなぁ」

「そういうものなのか？」

「きっとそうだよ」

嬉しそうに、アイハは微笑んだ。

……この笑顔を守るためにも、これからの領地運営をしっかりやっていこうと心に誓うのだった。


みんなのもとへ戻ると、畑として耕す場所とそこを管理する村人がジェイレムさんの仕切りによって決定したと告げられた。

ひと通りの説明を受けた後、聖水の力によって植物の成長が促進されている可能性があると彼らに伝える。

「実に頼もしい！」

「とは言っても、まだ本当にそうだと決まったわけではないですから……これからじっくり調べていかないと」

「しかし、希望を見出せたのは喜ばしい！」

ジェイレムさんのテンションは爆上がりだった。

他の村人たちも、早速倉庫から農具を取ってこなくてはとヤル気になっている。

「今日はこの記念すべき日をみんなで祝うために宴会を開こうと思っているんだ！」

「いいですね！」

二日続けての宴会となるが、それくらい騒いでもおかしくないくらいの変化がこのエノ村には起きている。もはや革命と呼んでいいほどだ。

「さて、じゃあ早速酒の用意をしないとな」

「あまり派手に飲みすぎちゃダメだからね」

「分かっているよ、アイハ」

親子の微笑ましいやりとりを見ていて思い出したが、この地にはまだまだ物資が足りない。

畑での野菜づくりに着手することになったのはいいが、成果が出るのはいつになることやら……一応、植物の成長スピードは普通よりも早いみたいなので、あまり時間はかからないと思うが、別の収入源を確保できるよう動くべきだろう。

すべてが順調に滑りだしたガウベル地方での新生活。

とはいえ、まだまだ乗り越えなくてはならない壁は多い。

気を引き締めて取り組んでいかないとな。

第三章　初めての野菜づくり

聖樹の内部につくった部屋で迎える初めての朝。

当然ながら、あのボロボロだった屋敷に比べると寝起きの気分はまったく異なる。安全面を考慮したら、こっちの方が安心して目覚められるな。

部屋はできたものの、一部生活用品は聖樹の力でも賄えない物がある。

そのため、近々大きめの都市へ買い物に行こうと計画していた――のだが、買い物となると先立つ物が必要になる。

家を出る時に多少は持ってきたが……これでいつまでもつか。

いろいろと工夫して過ごさないとダメだな。

ベッドから起き上がり、身支度を整えてから外へ出る。朝食として、持ってきた保存のきくパンをかじりつつ、辺りの様子を見回してみる。

俺が立っているのは巨大な聖樹の根の上。地上からは五メートルほどの高さにあり、昨日のうちに聖樹の力で階段をつくっておいたからこれで下に下り、その先にはこちらも新しくつくった船着き場がある。

ふと、泉の様子が気になったのでそちらへ向かうことに。

すると、思わぬ光景が広がっていた。

「あっ⁉」

思わず声に出してしまうほどの異変――昨日、アイハと一緒に見た時はポツポツとしか生えていなかった草が、今ではちょっとした芝生となっていた。

「たった一日でここまで……やっぱり、聖水の力で植物の成長が促されているみたいだな」

朗報だ。

この効果は、間違いなく農業にも活かされる。

それに、荒れ果てたこのガウベルの大地が再生する可能性も出てきた。この調子で周辺の土壌が回復していけば、エノ村以外にも人が住める場所を確保できるかもしれない。

俺は泉の先にある風景に目を向ける。

泉から漏れる水が広がって、小川になりつつある。

果たしてどこまで伸びているのか……ここからでは全容を掴み切れないくらいこの土地は広い。

エノ村での農業がうまくいったら、一度じっくりとこのガウベル地方を見て回りたいな。

「おはよう、リオ！」

泉の前に立っていたら、ボートでアイハがやってきた。

「おはよう、アイハ。朝から元気だね」

「当然！　だって、今日からいよいよ本格的に農業を始めるんだからね！」

フン、と鼻を鳴らすアイハ。

昨日からのヤル気をしっかり継続させているな。

農業へ意欲を燃やしているのはアイハだけではなかった。彼女に連れられて、俺は農具を手にした村人たちが集まっている場所へ向かう。

ひとりひとりから挨拶を受け、返事をしていく。

それが終わると、ジェイレムさんがやってきて、これから畑用に土を耕していくと説明を受ける。

村人の中には、もともと農家だった者もいて、農作業のノウハウは持っているらしい。なので、畑づくりに関しては彼らに一任しよう。

もちろん、俺も手伝うつもりだ。

「さあ、どんどんやっていきましょう！」

「りょ、領主殿もやられるのですか？」

農具を手にする俺を目にしたジェイレムさんが唖然としながら尋ねてくる。

俺としては、自分の治める領地だし、そこが発展するための行為なのだから自分もやるべきと判断したんだけど……まあ、普通の領主なら確かにやらないだろうな。

——でも、俺はやる。

領民であるみんなと一緒にこの土地を耕していきたい。

そっちの方が、成功した時の喜びも大きいだろうし、領民がどのような考えを持って生活しているのか、直接知ることができるからね。

それから、農具を借りて耕す作業を手伝った。

本日は雲ひとつない晴天。

気温は高めで、作業を続けていくと汗だくになる。おまけに、土をいじる作業となるため、どうしても顔や服に泥がつく。これは仕方がないし、これくらい汚れた方が作業をしているって実感が湧く。

ただ、泥にまみれた俺の姿を見て、村人たちが驚いていた。

「りょ、領主様⁉　お顔に泥が⁉」

「お召し物にも⁉」

「これくらい平気だよ」

みんなは心配してくれたけど、俺としては「なんのこれしき」って感じでさらに作業を進めていく――が、さすがに体力がなくなってきた。

「ぐっ……ちょっと飛ばしすぎたか……」

土を掘って耕すって作業が思ったよりも楽しくて、ついつい夢中になってしまった。そのため、腰や肩が開始一時間もすると悲鳴をあげる。

普段から剣の鍛錬を欠かさなかったし、体力には自信があるんだけど……こういうのって普段使わない筋肉とかに疲労がたまるって言うからなぁ。おれもまだまだ精進が必要ってことだよね。

「領主様、お休みください」

「あとは我らの方でやっておきます」

「すみません……まだまだ修行不足でした」

「なにをおっしゃります！」

「領主様はよくやってくださいましたよ」

村人たちの配慮により、俺はちょっとだけ離脱。

一方で、アイハは未だに元気いっぱいだった。

ジェイレムさんは「普段から動きまくっているから」ってフォローしてくれたけど……ちょっと悔しいな。俺ももっと動けるようにならないと。

村人たちによる畑づくりが続く中、ジェイレムさんが俺のもとへとやってきて、ある物を見せる。

それは――植物の種だった。

「これは？」

「トマトとピーマンの種だ」

「ど、どうしてそんな物が？」

聖樹が育つまで、乾いた荒野だったこのガウベル地方では野菜が育たなかった──にもかかわらず、なぜかジェイレムさんは野菜の種を所有していたのだ。

「いつか……この大地が復活したら植えようと思って、定期的に購入していたんだ。種だけなら安価だしな」

「そうだったんですね……」

ジェイレムさんは、別の土地へ移る者が多い中、このガウベル地方が生まれ変わる日が来ると信じて、今日まで待ち続けていたのだ。それがこうして叶ったと知ったジェイレムさんはしばらく種を見つめ、感慨深げに頷いてから俺に手渡す。

種を受け取ると、昼食を挟んでから早速みんなで耕した畑に植えていく。

それにしても──

「野菜を育てるって、こんなに大変だったとはなぁ……」

いつもなにげなく食べていた野菜だけど、出来上がるまでにここまでの苦労が必要になるとは思わなかった。

それが分かっただけでも、参加した甲斐がある。

最後の体力を振り絞るように種まきの作業を続け、終わる頃にはすでに辺りがオレンジ色に染まりつつあった。

「えっ⁉　もうこんな時間なのか⁉」

作業に没頭するあまり、またしてもひと息つくまで時間の経過に気づかなかった。

こんな感覚今までになかったな……新鮮といえばそうなんだけど……ちょっと違う気がするんだよな。きっと、なにかに熱中していたら、時の流れがこれくらい早く感じてしまうものなのだろう。

最後に、泉の水を畑に撒いて本日の作業はすべて終了となった。

丸一日かけて肉体労働をし、泥だらけになりながらも完成したエノ村の畑。

規模はお世辞にも大きいとは言えない。

まあ、あくまでもこれは第一弾。

明日以降も作業を進めていき、少しずつ拡大させていく。最終的にどれほどの規模になるかは未定だが、とりあえず、今ある種は全部育てられるようにしていきたい。

作業終了後、俺はジェイレムさんから夕食に招かれる。

――と、移動する前に村人のひとりからある相談を持ちかけられた。

内容は、泉の水を生活用水として使用できないかというもの。

「なるほど……その手があったか」

普段からあの水を使う。

思いつきそうで思いつかなかったな。

村人からの提案にＯＫを出し、他のみんなにも使ってもらうことに。なにより、俺自身もどんな効果が得られるか、今から楽しみだ。

泉の水を各家庭に配るため、俺は水魔法を使って聖水を自在に操り、人たちが持ってきたバケツへと注いでいく。全員に行き渡ったことを確認すると、自分の分を手にし、聖樹の内部につくった屋敷にある一室へと向かった。

そこは浴室。

魔力を込めると熱を発する魔鉱石を実家から持ってきていたので、そいつを使用すれば水をお湯に変えられるのだ。

早速、浴槽へ聖水をためていき、魔鉱石で熱していく。温度を確認し、適温になったら魔力を遮断して入浴の準備へと移る。さて、聖水で入るお風呂は――

「うおおっ⁉」

な、なんだ、この感覚は⁉

一瞬、体がほんの少し痺れたが、すぐにそうした違和感は消えていく。まるで全身の疲労感が浸かっている湯へ溶けだしてしまうようだ。

「ふあぁ～……」

たまらず、気の抜けた声が出る。

まさかここまで効果があるなんて予想外だ。

「今日は張りきりすぎて魔力を消耗したし、ずっと動き回っていて筋肉痛が心配だったけど、これなら明日も問題なく仕事ができそうだな」

体を伸ばしながら、そう呟く。

少し視線をずらせば、風呂場に設置した窓から外が見える。満天の星を眺めながら入る風呂は格別だな。

「ガウベル地方に来てよかったな～」

まだまだ解決すべき問題が山積みとはいえ、光明は見えてきた。

明日は領地内の様子をチェックすべく、遠方まで足を運んでみようかな。

そのためにも、今日の疲れをしっかり癒しておかないとな。

◇◇◇

一夜が明け、聖樹の屋敷からエノ村へと向かう――はずが、俺の両足は屋敷を出てすぐに止まった。

「こ、これは⁉」

衝撃な光景が広がっていた。

泉の周辺が、一夜にして草原へと生まれ変わっていたのだ。

さらによく見てみると、別の場所にも草が生えており、明らかに土壌が変化しているのが分かる。

こうした現象はまだこのガウベル地方全体にまで及んでいるわけではないが、このペースで成長していくと、近いうちに一帯は自然豊かな場所となるだろう。

「聖水の効果がここまでとは……」

あまりにも急激な変化を前にして、呆気に取られる。だが、泉を渡って畑まで行くと、さらなる衝撃が映しだされた。

なんと、昨日植えたばかりの野菜がもう食べられるサイズにまで育っていたのだ。

「た、たった一夜でここまで大きくなったってことか……?」

困惑しながらも、昨日の作業を思い出してみる。

確か、土を耕すだけで時間が追われ、最後に種まきをした後はほとんどチェックせずに寝ちゃったけど……あれからすぐに芽が出て、ここまで成長したのか。

育つスピードが速い野菜はないわけじゃない。

だが、いくらなんでも異常な速さだ。

これは間違いなく聖水の効果だろう。逆にそれ以外には考えられない。

こうなってくると、問題なのは――「味」だ。

……しかし、さすがに黙って食べてしまうのは忍びない。みんなにもぜひ味わってもらいたいし、ジェイレムさんたちへ報告に行こう。

思いもよらぬ事態を報告しようとしたのだが、それよりも先に村人たちのリアクションに呑み込まれた。

「領主様！　あの泉の水は凄いですよ！」

「腰痛がすっかり治っちまった！」

「俺もずっと痛かった手首が元通りに！」

「肩こりまでもが一瞬で解消しました！」

次々と報告が上がる、聖水のありがたい効果。俺が感じた効果は疲労回復だけだったが、他にも肩やら腰やらに痛みを持っていた人たちは軒並み症状が和らいでいったと口を揃えて語る。

「あの近くに水車を立てるのもひとつの手ですね」

「うむ。いいアイディアだ！」

俺の意見に、ジェイレムさんが乗っかった。

聖水は聖樹の根から常に溢れてきている。今となっては、ちょっとした滝みたいになっているくらいだ。

水車の件とあわせ、野菜の急成長の件も報告しようと、一度村人たちに畑へ来てもらうことにした。

――で、様子が一変した畑を見た村人たちは、

「ど、どうなっているんだ⁉」

「し、信じられない……」

「こいつは凄いな……」

「すぐにでも収穫できますな！」

興奮して叫ぶ者、あまりの事態に茫然とする者、冷静に状況を分析する者――とにかく大興奮だった。

「あとは味がよければ文句なしなんですけど……」

「では、早速試してみよう」

ジェイレムさんはそう告げると、自身の畑に実った真っ赤なトマトをひとつ収穫。それを見た他の村人たちも、自分の畑に生えている野菜を手に取り、泉の水で洗ってからひと口食べてみる。

すると、

「「「「うっまいっ⁉」」」」

全員の声が綺麗に揃った。

「領主殿もぜひ！」

どれだけうまいのかと気になっていたところに、ジェイレムさんが新たに収穫したトマトを持ってきてくれた。

早速かじってみると……うん！　これはうまい！

口の中で瑞々しさが弾けると、ほどよい爽やかな酸味が広がる。えぐみがなくて、何個でも食べられそうだ。

「こんなにおいしいトマトは初めて食べたよ！」

「お、俺もだ！」

アイハとジェイレムさんも大絶賛。

他のみんなからもトマトの味を褒め称える言葉が続々と飛び出した。

こうした評価からも分かる通り、味に関しても問題ない――さらに、この聖水で育った野菜には、もうひとつある特徴があった。

「うん？　――あっ！」

異変に気づいたのは俺だけだった。

恐らく、この村に住む者でこれを感じられるのは俺だけだろう。

その効果とは――

「魔力が……回復している？」

一昨日の屋敷づくりに昨日の水魔法と、ここ数日で相当な魔力を消耗し、まだ完全に回復しきってはいなかったのだが、この野菜を口にした途端、溢れ出てきそうなほど魔力がみなぎってきた。

「なんと！　魔力の回復効果まで備えているのか！」

俺の言葉はジェイレムさんや他の村人たちにも伝わっていき、またしても大騒ぎとなった。

周囲がざわめく中、ここでジェイレムさんからある提案を持ちかけられる。

「領主殿、収穫した野菜を町へ売りに行ってはどうだろうか」

「町へ？」

収穫した野菜を売って、利益を得る――これが農家ってものだ。

これだけの素晴らしい野菜であれば引く手数多だろうからな。きっと商売もうまくいくだろう。

領民の財布が潤えば生活が豊かになるわけだしね。

「いいですね。確か、ここから少し離れたところに商業都市バノスがあったから、そこへ行ってみましょう」

「バノス……かなり大きな都市だが、我々を受け入れてくれるだろうか」

ジェイレムさんはそれを心配していた。

商業都市バノスは、国内三大商業都市に数えられるほどの規模がある。他の都市を直接比較したわけじゃないからなんとも言えないが、噂によると、バノスが三大都市でもっとも大きな町らしい。

そうなると、いろいろ面倒な決まり事があったりするのだろうな。

商業都市となると、そこを拠点としている商会もいくつか存在しているはずだ。彼らの縄張り争いにだけは巻き込まれないようにしないと。

もっと手近な農村辺りから始めてもよさそうだが、あまり時間的な余裕はない。

それほど、エノ村の現状は逼迫《ひっぱく》していた。

少しでも早く経済的に自立し、村人たちが必要とする物を購入できるだけの収益が欲しいところ。やはり規模の大きな町で大々的にアピールした方がよさそうだ。

売り物である野菜については一級品だし、なにかのきっかけで火がつけばあっという間に売れる自信があった。

まあ、商売がそう簡単にいくとは思えないけど、挑戦してみる価値は十分にあると見ている。

「大丈夫ですよ、ジェイレムさん。領主である俺が、直接交渉しますから」

「領主殿……！」

こういう時、ファルバーグの名前は役に立つな。

……とはいえ、忘れてはならないのが勘当された身である点。

さすがにすべてが要望通りに行くとは思っていないが、ある程度は融通が利くはずだ。

「収穫をして馬車の荷台に乗せましょう」

「村にもかつては運搬用の荷台と馬がいたのだが……これを機に、新たに購入することも検討しないと」

ジェイレムさんの言う通りだ。

準備資金を稼ぐためにも、商業都市バノスでの商売は非常に重要となってくるだろう。

とりあえず、バノスへ向かうメンバーとしては――俺とジェイレムさん、さらに数人の村人とお手伝い役でアイハを選んだ。

みんなで協力し、作業を進めていく中、

「っ⁉」

なにかの気配を感じて咄嗟に振り返る。

「リオ？　どうかしたの？」

「一瞬、誰かに話しかけられたような……気のせいだったみたいだ」

辺りに人はいるものの、俺に用事があって声をかけたような素振りを見せている人物はひとりもいなかった。誰かの声を呼びかけられたものと勘違いしたのだろう。そう結論付けて、俺は作業へと戻るのだった。

すべての準備が整い、俺たちは商業都市バノスへ向けて出発。

一応、日帰りで戻ってくる予定だが、出店の申請などで思いのほか時間を取られるようならば一泊してくることを他の村人たちへ告げる。

必要ないとは思うが……何事もなく、無事に帰ってこられるようにしないとな。

商業都市バノスへの道のりは思ったよりも険しかった。

朝早くに出てきたし、昼前には到着できるだろうと見込んでいたが……こりゃかなり予定が狂いそうだぞ。こうなると、宿泊プランが現実味を帯びてくる。

「おっ？　領主殿、見えたぞ！」

もしかしたら今日中に着けないかもしれないって最悪のケースも頭をよぎったが、どうやら杞憂に終わったらしい。

石造りの道を強く踏みしめ、初めて訪れる商業都市バノスを見渡した感想は——とにかくデカい。

第一印象はそれしかなかった。

さすがに王都ほどではないが、国内最大の商業都市って評判は伊達じゃないようだ。

バノスへ到着するとすぐにふた手に分かれる。

俺とジェイレムさんとアイハの三人で商業組合を訪ね、屋台の出店申請を行い、もうひと組はここに残って積荷のチェックしていく手筈だ。

と、いうわけで、早速この町の商業組合の事務所がある建物へと向かう。

そこは町の中央通りにあって、商売絡みの案件はすべてこの組合を通す必要があるらしい。

この建物がまた大きかった。

権力を見せつけようとしているのか、外観もどこか神殿っぽくて、正直、派手すぎるか……

こう言っちゃなんだが、悪趣味だ。

「お、大きな建物だな……」

「凄い……」

初めて訪れる商業組合の事務所に、ジェイレムさんとアイハの親子は圧倒されていた。

それ以前に、このバノス中央通りの人の多さにも驚いていたし、なにもかもがこれまでに経験のない事態なのだろう。この場合、俺がしっかりしなくちゃな。

「ふたりとも、こっちですよ」

開いた口がふさがらずにポカンとしているふたりへ呼びかけつつ、事務所内へ。まずは受付の女性職員にここへ来た目的を告げた。

「すいません、出店申請に来たんですけど」

「でしたら、まずは身分を証明できるものを提示していただきます」

「なら、魔紋《まもん》照合をお願いします」

「分かりました。では、こちらへどうぞ」

俺は女性職員に奥の部屋へと案内される。

その間、ジェイレムさんとアイハには待機してもらう。

変な輩に店を出されて荒らされるのは困るという組合の思惑から、こういった大都市で店を出す時はまず身分を証明しなくてはならない。

こういった時に役立つのが魔紋と呼ばれるものだ。

人が生まれながら持つ魔力には性質に個人差があり、ひとりひとり異なる。専門家にこの魔紋を提示することで身元を証明するのだが——俺の場合はすぐに正体が明らかとなる。

「こ、この魔紋は……あなたはひょっとして、ファルバーグ家の⁉」

「はい。俺の名前はリオベルト・ファルバーグです」

幸いと言うべきか、魔紋照合をしてくれた女性職員はファルバーグ家を知っているようだった。

……まあ、なにかと目立つ一族だったからなぁ。

「な、なぜファルバーグ家の嫡男が出店申請など……」

「いろいろあったので……それより、身元は証明できたので、出店は可能ですよね？」

「は、はい！　なにも問題はありません！」

先ほどまでとは打って変わり、女性職員はガチガチになっていた。貴族とのやりとりでそうなってしまうのは仕方がない面もあるけど……さすがにちょっと緊張しすぎじゃないか？　この辺を領地としている貴族との関係性が透けて見える気がするな。

「あっ、あともうひとつ……」

立ち去ろうとした時、女性職員がおずおずと手を上げながら言う。

「差し出がましいようですが……これからここバノスで商売をするなら、大きな商会と手を組むのが得策ですよ。トラブルの仲介や新規ビジネスへの協力なんか依頼されれば、知名度も上がりますし」

「ふむ、なるほど」

一理あるな。

今の俺たちは無名の新人。

規模の大きな商会ほど、独自の流通ルートを持っていたりするだろうし、コネクションをつくっておいて損はない。

問題は……どうやって実現するか、だ。

こちらとしてはできれば信頼できる大手に委託したいところだけど、残念ながら今の俺に伝手はひとつもない。父上ならありそうなものだが、頼ったところで望み薄。自分の力でコネクションをつくっていかないと。

「ありがとうございます。参考になりました」

「い、いえ」

女性職員はキョトンとした表情で俺を見つめていた。

普通にお礼を言っただけなんだけど……あまり慣れていない感じだったな。

とにかく、これで出店へ向けての準備は整った。

ギルドに登録した冒険者と同じようにライセンスを発行してくれるらしいので、少し事務所で待つ運びとなった。その待ち時間のうちに馬車で待機させているもうひと組とコンタクトを取って、野菜を売る出店が集まる中央広場付近へと移動しておくことに。

連絡役にはジェイレムさんが立候補してくれたので、お任せする。

で、事務所に残ったのは俺とアイハのふたりだけとなった。

「本当に大きな町なんだね、バノスって」

「ビックリした？」

「うん。なにより……人の多さに驚いちゃった。世界にはこんなにたくさん人がいたんだなぁって」

エノ村で生まれ育ったアイハにとっては、そこが一番衝撃的だったらしい。

数十人規模の村から、下手をしたら数万人が集まっているこのバノスへ来れば、そう思うのも不思議じゃないかな。

しばらくして、ようやくライセンスが届いた。

これがあれば、大手を振って商売ができる。

「よし。すぐに中央広場へ行って、ジェイレムさんたちに知らせよう」

「うん！」

アイハとともに商業組合の事務所を後にすると、勢い衰える気配のない人混みをかき分けて合流地点を目指す。

そこには、すでにライセンス発行を見越して出店の準備を進めているジェイレムさんたちの姿が。

「ジェイレムさん！」

「おぉ、領主殿にアイハ！　……その明るい表情から察するに——」

「はい！　無事にライセンスが発行されましたよ！」

出来立てホヤホヤのライセンスをかざすと、村人たちから歓喜の声があがる。

「屋台の方はほとんど完成しているから、あとは野菜を並べるだけだ」

「よし。すぐに取りかかりましょう！」

中央広場での出店には、営業時間が定められている。

俺たちが申請した昼の部は、午後五時まで。

そこから夜の部に出店申請した店と交代する決まりになっていた。これについては店の業績によって変動も可能らしいが、およそ八割の店は五時で閉店になるらしい。

時間に関しては、町の象徴とも言える時計台の鐘の音が教えてくれる。

商売は時間厳守が基本だからな。

国内最大の商業都市と呼ばれるこの町に相応しいシンボルだ。

――で、現在はまもなく二時になろうとしている。

営業時間は三時間か……果たして、どれだけの数が売れるのか。ここに来るまでは自信満々だったのに、なんだか不安になってきたよ。

屋台が完成し、野菜の陳列も終わると、俺たちは早速お客さんの呼び込みを始める。

「さあさあ！　エノ村で今朝収穫されたばかりの野菜だよぉ！」

「こいつはただの野菜じゃねぇ！　食べた者の魔力を回復させる優れものだ！」

村人たちが威勢のいい声で野菜をアピールする――と、

「エノ村だって？　知らねぇな」

「確か、ガウベル地方にある小さな村じゃなかったか？」

「ガウベル地方だって？　あの荒野にまだ人が住んでいたのか？」

「しかも、食べただけで魔力を回復できる野菜って言っているぞ？」

「胡散臭いなぁ……」

話題にはなっているようだが、店に寄ってくる人はひとりもいなかった。

……まずいな。

これが無名の洗礼ってヤツか。

ひと口食べてもらえれば効果が分かるのに……まあ、警戒する彼らの気持ちも分からなくはないけど。

なんとかして現状を打破しなくてはと悩む俺たちのもとへ、ひとりの人物が近づいてくる。

身なりのちゃんとした、二十代後半ほどの男性。

って、あの服……もしかして魔法兵団の制服か？

都市としての規模が大きいため、自警団のみならず王国の騎士団や魔法兵団も人を派遣してくるって話は聞くが、どうやら彼は派遣された兵士のひとりらしい。

「おい、そこの者」

「は、はい」

険しい表情で俺たちの屋台へと足を運ぶ魔法兵団の兵士。彼は店先に並べられた野菜を指さし、厳しい口調で迫ってきた。

「魔力を回復させる野菜は確かに存在している――が、このダヴァロス国内で栽培ができる農家はいないはずだ」

さすがは魔法兵団。

情報はきちんと入手してあるみたいだ。

「この手の誇大広告は詐欺に相当する。きちんと訂正すべきだ。それが認められないならライセンスを剥奪させてもらう」

「待ってください」

ヒートアップする兵士に、俺はストップをかける。

「なんだ？　言い訳なら聞かんぞ？」

「言い訳なんてとんでもない。俺たちは誇大広告をしているつもりはありません」

「なにっ……？」

兵士の右眉がピクッと跳ねる。

「そこまで言うからには、確固たる証拠があるのだろうな？」

「実際に食べていただければ分かっていただけると思います」

「ほぉ……面白い」

ただのハッタリではないと思ったらしい兵士は、屋台に並ぶトマトをひとつ手に取る。

さすがに気が引けたのか、近くにいたジェイレムさんへきちんとお金を払い、購入してから食べ始めた。

「ふむ。味は悪くな――いっ⁉」

口に含んですぐに、兵士の表情が一変する。

「バ、バカな……本当に魔力が回復していくだと……」

実食した結果を兵士が口にした途端、周りのざわめきが一層大きくなった。

彼は魔法兵団の制服を身にまとう正真正銘の正規兵士だし、この場に顔馴染みの者もいるらしく、信憑性は抜群だ。恐らく、その顔見知りの商人辺りが『明らかに効果のない物を並べている詐欺師がいる』とでも言ったのだろう。

――だが、実際に現場へ来て野菜を食べた兵士は唖然としていた。

絶対にないはずの野菜が存在していたのだから無理もない。

兵士の反応を見た周囲の人々の俺たちを見る目も、徐々に変わっていく。

「ま、まさか、本当にそんな効果があるのか？」

「バカ言え。どうせあの兵士もグルなんじゃないのか？」

「しかし、あの男が着ている服は紛れもなく王国魔法兵団の制服だ」

「あの兵士と仲がいいから断言できるが、間違いなく彼は本物だよ」

「だとしたら、やっぱりあの野菜は本物なのか？」

「彼のように買って食べてみれば分かるさ」

「なら、私が行くわ。ちょうど魔力を消費していたところだし」

ざわつく群衆の中から、ひとりの若い女性が俺たちのもとへやってくる。

「私にも彼と同じ野菜を」

それだけを告げると、お金を受け取ったジェイレムさんは兵士が口にした物と同じ種類のトマトを彼女へと渡す。

少しためらうような素振りを見せたが、腹をくくってトマトを食べる――すると、

「ほ、本当に魔力が回復している⁉　いや、なにより純粋においしい！　こんなおいしいトマ

トは初めてだわ！」

魔力の回復効果もさることながら、味のよさも存分に伝えてくれた。

これが、大きな決め手となった。

魔法兵団所属の兵士が認めただけでは、物を見る目の肥えているバノスの人々を信じ切らせるに至らなかった。しかし、ふたり目が出現したので周りの評価はガラッと変わり、続々と野菜を求めて人が店に押し寄せてくる。

買った人がその場で野菜を食べ、兵士や女性と同じようなリアクションをする。これがさらに客を呼び、先に食べた人はもっと欲しくて再度列に並ぶようになって終わりが見えない状態が続いた。

一気に忙しくなり、俺たちはいろいろと対応に追われた。まさかここまで一気に評価が逆転するとは……想像以上だ。

でも、自分たちの野菜がたくさんの人に認められた事実から、俺たちは充実感に包まれていた。この調子なら、今後も定期的にここへ商売に来てもいいな——そう思い始めていた頃、中央広場に異変が起きる。

「オラオラ、道を開けろ！」

「どかねぇか、コラ！」

ガラの悪いふたり組の大男が俺たちの店先へやってきたのだ。

順番を守って並んでいた他の客を押しのけて先頭へ立とうとしている男たちに毅然と対応しなくてはいけないと思い、声をかけた。

「野菜が欲しいのでしたら、きちんと列に並んでください」

「なんだと?」

「俺たちを誰だと思ってんだ? おぉ?」

迫るふたりの大男。

ここで怯んではダメだと踏みとどまる——が、その時、

「やめんかぁ!」

野太い声が大地を揺らす。

ふたりの男の後から現れたのは、彼らよりもさらに凶悪な人相で体格もさらにデカいスキンヘッドの偉丈夫だった。なるほど……ボスと呼ばれるに相応しい面構えと風格だ。

「今のような軽率な態度がノードン商会の品位を落とすのだ。自覚し、努々《ゆめゆめ》忘れぬよう刻み込め」

「へ、へい!」

「も、申し訳ありません、モリスさん!」

大男のド迫力に、絡んできたふたりはすっかり縮こまっていた。

——って、待てよ。

ノードン商会って……聞いたことがあるぞ。確か、国内最大手の商会で、有名貴族も御用達だったはず。なにを隠そう、うちも贔屓にしていたところだ。

商会の代表と面識はないんだけど、まさかあんなおっかない人がトップだったとはな。

ひと通りのお説教が終わったようで、モリスさんと呼ばれた大男がゆっくりとこちらへ歩み寄る――前に、振り返って背後にいる誰かへと声をかける。

彼の体が大きすぎて見えなかったのだが、どうやら後ろに誰かいるようだ。

するとモリスさんは意外な行動に出る。

「さあ、どうぞ」

深々と頭を下げ、背後にいる人物のために道を開けた。

てっきりモリスさんがボスだと思っていたが、なんと本当のボスは別にいるらしい。あの人以上に迫力のある人物なのか？

震え上がる俺だったが……さらに予想外の事態が起きる。

「ありがとう、モリス」

モリスさんの背後から現れたのは――俺やアイハとさして年齢の変わらない少女だった。ピンク色の長い髪をツインテールでまとめ、浅黄色の瞳から放たれる視線は真っ直ぐにこちらを射抜いている。

「あなたのところの野菜は、魔力を回復させる珍しい効果を持っているようね……リオベルト・ファルバーグ様」

「っ⁉」

眉ひとつ動かさず、少女は淡々と語る。

クールというか、感情の起伏が乏しいというか。

それよりも、この子……俺を知っている？

どこかで会ったかな？

「一応言っておきますが、あなたと面識はありませんよ？　これでも商人ですから、国内の有力貴族の顔と名前は把握しているのです」

あっさり考えを読まれた。

……まあ、ともかく、俺がその有力貴族でなくなった事実も把握しているってわけか。

「申し遅れました。あたしはノードン商会バノス支部の代表を務めております、クレイナ・ノードンです」

「ノードン？　じゃ、じゃあ、君は……」

「お察しの通り――あたしはノードン商会を束ねるフレッド・ノードンの娘です」

やはりそうだったか。

しかし、ただ娘だからって理由だけで、この大都市であるバノスの支部を任せるとは思えない。ここは隣国からやってくる商人も多いらしいので、商会としても神経を使う場所だと考え

られる。

にもかかわらず、あの若さで任せられている事実から、彼女も商人としての実力は高いって判断ができるな。……もっとも、これはあくまでも憶測なので事実を確認しないとなんとも言えないけど。

「あたしにもひとついただけるかしら？」

「いや、でも――」

ここで俺は気がついた。

さっきまでの長蛇の列が、いつの間にか消え去っている、と。

みんな、クレイナ・ノードンのために順番を譲ったらしい。

……彼女のこの町での立ち位置がよく理解できる現象だな。

「なにか？」

「いえ、なんでも……すぐに持ってきます」

言われるがまま、屋台にあったトマトを彼女へと渡す。

それを口にした途端、

「どうやら、本物のようですね」

バノスでもトップクラスの商人であるクレイナ・ノードンの太鼓判が出たので、周りの人々から疑いの念は完全に消え去り、遠巻きに見ていた人たちもこれをきっかけに店へと集まってきてくれた。

さらに注文が増え、野菜はあっという間になくなってしまった。

「すいません！　本日はこれで売り切れです！」

想定よりもずっと早い閉店となった。

集まった客たちからは次の出店に関する問い合わせが相次いだが、とりあえず現段階では未定と発表し、解散してもらった。

――が、ノードン商会関係者の面々は移動せずにとどまっていた。

商会のまとめ役であるクレイナはいつの間にか紙を手にしており、ジッと眺めていた。

「えぇっと……まだなにか？」

帰ろうとしないクレイナたちへ声をかけると、ちょうど資料を読み終えたところだったようで、モリスさんにそれを渡してこちらへと向き直る。

「リオベルト・ファルバーグ様……あなたは神託の儀式の後、ここからほど近いガウベル地方の領主になっているようですね」

「そ、そんな情報まで……」

「情報は商人にとってなによりの武器です」

物静かに語るクレイナ。その情報網……さすがは一流の商人ってとこか。

「エノ村で収穫された野菜を売りに来ているとのことでしたが……あの土地で農業ができると

はとても思えません。一体どうやって育てたのですか？」

「いろいろと事情があってね」

まさかエノ村まで知っていたとは。

しかし、本当に驚かされるのはここからだった。

「そうですか。でしたら……明日、エノ村へお邪魔します」

「「「「えっ⁉」」」」

俺だけじゃなく、村人たちの声も綺麗に重なる。

「お、お邪魔しますって……」

「荒れ果てたガウベルの地で、あのような素晴らしい野菜をどのようにして栽培されているのか……興味がありますので。なにか不都合でも？」

「い、いえ、なにも……」

「では、よろしくお願いします」

クレイナはペコリと頭を下げると、モリスさんと配下の男たちを連れて中央広場を去っていった。

「な、なんだか怒涛の展開だったな」

そう口にするジェイレムさん。……俺もまったく同じ気持ちだ。

屋台自体は大盛況のうちに幕を閉じたけど、思わぬところであのノードン商会とつながりができたな。

厳密に言うと、まだつながりと呼べるような代物じゃないが……彼女たちの協力を得られれば今後の商売はもっとやりやすくなるだろう。

「どうする、領主殿」

「ノードン商会は、このダヴァロス王国内でもトップクラスの大商会です。聖樹の力で特殊な効果のある野菜を栽培できる環境があると分かったら、きっといろいろと協力をしてくれるはず」

「信用はできるのだろうか……」

不安げに呟くジェイレムさん。

相手は百戦錬磨のノードン商会――俺たちのような素人を相手に商談となると、権利関係でだまし討ちを食らう可能性もある。

……ただ、「きっと大丈夫」という自信もあった。

まあ、根拠もなにもなく、「あの子はそんなことしなさそうな雰囲気をしているな」っていう希望的観測も入って入るけど……実際、クレイナ・ノードンからはそうした嫌な気配を感じられなかった。

「悪徳な商会であれば、あそこまで規模を大きくできません。フェアな商談をしているからこそ信頼を勝ち得ているのだと思います」

「私もそう思う！」

俺の意見に賛同したのはアイハだった。

「あの子、悪い子じゃないよ。なんとなくそう感じるの」

彼女の根拠もまた、俺と同じでフィーリングによるものだった。

しかし、村の人々は「アイハがそう言うのなら信じてみよう」って反応。

「……それもそうだな」

ジェイレムさんも、大きく息を吐いてからそう納得してくれたようだ。

その後、俺たちは帰り支度を済ませてから、ここで得た収入を元手に王都で買い物をした。

購入したのは新しいお皿だったり、フライパンだったりと、生活に必要なものばかり。中には奥さんへのプレゼントに服やアクセサリーを買う人もいた。

今回はいろいろと手続きがあった関係でゆっくり見て回れなかったが、次回までの課題として、きちんと段取りを整え、最後は買い物をする時間を確保しておきたいな。

ともかく、現段階としては十分に及第点を得られる一日となり、俺たちは満足して帰路へと就くのだった。

第四章　ノードン商会

大盛況で終わった初の出店から一夜が明け、朝から収穫に追われる。

聖樹からは今日も虹色の魔力が降り注いでいるのだが、村の人たちはもう慣れたのか気に留める様子はなかった。今後はこの光景が当たり前のものとなるんだろうな。

聖水の影響から、相変わらずの成長速度を見せるエノ村の農場。

だが、これが思わぬ問題点を浮き彫りにする。

「畑の規模はもっと大きくしてもよさそうだが、圧倒的に人員が足りないな」

ジェイレムさんが口にした通り、エノ村は慢性的な人材不足に悩まされていた。村の若者といえばアイハだけで、あとは大人ばかり。

農作業のような重労働ができないお年寄りを除くと、実際に力仕事が行える者は二十人くらいだった。

「なんとかしたいところだけど……」

俺は腕を組んで唸る。

まだ人を招き入れるだけの余裕はないんだよなぁ。

それに、ただ人を招き入れればいいって話でもない。

商業都市バノスでの評判は、すでに町中の商人たちに届いているだろう。そうなると、こちらの手の内を探ろうとする動きも出てくる。――ようは、スパイを送り込んでくる可能性だ。

こうした現状から導きだされる答えは、

「みなさん！　ここは地道にコツコツと焦らずやっていきましょう！」

そう呼びかけるくらいだった。

急ぐ必要はない。

期限が設けられているわけじゃないのだから、焦らず、自分たちのペースでやっていけばいいのだ。

そう結論づけた直後、

「リオ！　あっちから誰か来るよ！」

突然、アイハが叫ぶ。

その指がさす方角には……確かにいくつかの人影があった。

「……どうやら、本当に来たみたいだ」

徐々に近づいてくる人影に、俺たちは心当たりがあった。昨日、バノス中央広場で店を開いていた時にやってきた、ノードン商会の面々だろう。

中でも印象に残っているのが、バノス支部の商会を仕切るリーダーのクレイナ・ノードンであった。

年齢的には俺たちと同じくらいだが、醸しだしている風格は数々の戦場を駆け抜けてきた歴戦の勇士を彷彿とさせる。

そんなノードン商会代表のご令嬢が、俺たちの育てた野菜に関心を持ち、栽培している様子を見てみたいと言いだしたのだ。こちらとしては断る理由はないし、むしろ彼女たちの商会と契約を結べれば万々歳だと考えている。

とはいえ、相手は目も舌も肥えているからなぁ……一応、俺たちの野菜を認めてくれているような発言はあったが、まだ油断ならない。

自然と、俺や村人たちの顔つきは神妙なものとなり、ノードン商会の到着を待った。


――十分後。

ついにその姿が肉眼でもハッキリと捉えられる距離にまで近づく。ここまで来ると彼女たちを迎え入れるために歩み寄っていった。

「お待ちしておりましたよ」

「わざわざ領主様自ら出迎えていただき、ありがとうございます」

颯爽と跨る馬から飛び降りるクレイナ……絵になるなぁ。

「？　なにか？」

「っ⁉　い、いえ、なんでもないです」

思わず見惚れてしまっていたことを誤魔化して、早速畑に案内しようとしたのだが、

「まずは——アレについての説明をお願いできますか？」

クレイナの関心は畑ではなく、聖樹へと向けられていた。

……普通に考えたら、まずそっちに目がいくのは当然だよね。聖樹の大きさを考慮したら、遠くからでも確認できたろうし。

「これは聖樹ですよ」

「せ、聖樹？　あの伝説の……？」

昨日会った時は終始冷静な感じだったクレイナに動揺の色が見られる。もっとも、一緒についてきた商人たちは聖樹の存在を知って大騒ぎをしていた。あの強面のモリスさんも「し、信じられん」と驚いている。

にわかには信じられないといった反応が見られるものの、降り注ぐ虹色の魔力や、緑豊かになりつつある周囲の環境の変化を目の当たりにし、彼らは少しずつだが俺の言葉を信用してくれたようだ。

それはクレイナも同じだった。

さらに、彼女は神託の儀式の結果を知っているため、俺がそこでなにを授かったのか分かっている。

この事実からひとつの仮説を立てたようだ。

「あなたが神託の儀式で植物の種を授かったという情報があります……まさかその植物が――」

「この聖樹です。俺が授かったのは、聖樹の種だったんですよ」

俺が嘘偽りない事実を告げると、クレイナは黙りこくってしまった。それから、なにかを思案するように俯き、しばらくして顔を上げると、

「もっと近くで聖樹を見ることは可能ですか？」

そう尋ねてきた。

「もちろん。なんなら、中へ入ってみます？」

「っ⁉　きょ、興味深いですね。ぜひお願いします」

話はまとまった。

早速案内しようとしたら、アイハがやってきた。

「あなたは広場にもいた……」

「アイハ・マクギャリーです！」

「覚えました。アイハさんですね」

「アイハでいいよ。――ていうか、さっきから気になっていたんだけど……ふたりとも年齢が近そうだから、もっと砕けた話し方でもいいんじゃない？」

「えっ？」

アイハの素朴な疑問に、クレイナは大木の正体が聖樹と知った時とは別種の驚き方をしていた。今の反応は「なにをそんな当たり前のことを」って感じに映る。

「あたしと彼とでは立場が違いますから」

「そうなの？」

不思議そうな顔をこちらへ向けるアイハ。

平穏なエノ村で生まれ育った彼女にはクレイナの言う「立場が違う」って意味がうまく理解できないのだろうな。

「まあ、立場があると言えばあるんだけど……少なくとも、今だけは忘れていいんじゃないかな」

「えっ？」

「アイハが言ったように、せっかく年も近そうなんだし、もっとフランクにいこうよ。今の俺はファルバーグ家と関係ないし、そういう意味ではもう貴族とは呼べないんだから」

「で、でも……」

やっぱり、アイハのようにすんなりとはいかないか。

でも、せっかく年も近そうだし、もうちょっと友人っぽいつながりがあってもいいように思うんだよな。そっちの方が、これからもなにかと相談しやすくなるだろうし。

「遠慮はいらないよ、クレイナ。むしろ、俺としてはそっちの方が話しやすくて助かるんだけどな」

「……分かりました。これも商談を円滑に進めるため。クライアントの要望に応えるのも商人の仕事の一環ですし」

なにやら言い訳っぽく語り始めた。

……今更だけど、やっぱり商談に来たんだな。

「じゃあ、改めて聖樹の中を案内するよ。アイハもついてきてくれ」

「うん！」

「よろしくお願い――」

そこまで言って、クレイナは俺とアイハの視線に気づく。

そして、「コホン」と咳払いを挟んでから、

「よろしくね」

少し戸惑いを見せつつ、クレイナはそう言いかえる。

彼女の後ろには、モリスさんを先頭に総勢十五名の屈強な男たちが控えている。彼らは商人っていうよりはクレイナのボディガードって感じだな。バノス支部のトップであり、商会代表のご令嬢という立場がそうさせているのだろう。

聖樹の屋敷へ案内すると、クレイナは先ほどよりも大きな反応を見せた。

「凄いわ！　とても木の内部とは思えない！」

「聖樹の力であっという間に完成したんだよ？」

「で、伝説の通り……疑っていたわけじゃないけど、本物だったのね！」

明らかにさっきまでとはテンションが違うクレイナ。正直、ここだけ見たら別人のようにさえ映る。

アイハと談笑するクレイナを見つめていると、

「少しよろしいですかな？」

いつの間にか背後に回っていたモリスさんから声をかけられる。

近くに立たれると、俺との体格差がよりはっきりするな。二メートルは軽く超えているっぽいぞ。

「な、なんでしょうか？」

「いえ、長くお仕えしていますが、クレイナお嬢様があのようにはしゃいでいる姿を見るのは初めてで……我々としても非常に驚いているのです」

いかつい顔と筋肉の割に穏やかで優しく、物腰柔らかなモリスさん。

そのギャップに意表を突かれてしまうが、すぐに持ち直してもう少し詳しい話を聞くことにした。

「そうなんですか？」

「はい。フレッド会長の子どもはクレイナお嬢様しかいないため、幼い頃から商人としてのノウハウを叩き込む英才教育を施されていて、あまり感情的な言動を取ることがなかったのです」

えっ？

それってつまり――

「もしかして……今までのクレイナは……」

「お察しの通り。いかなる時も冷静に物事を判断できるようにするため、日頃から意識した結果です」

つまり、これまでのクレイナは本来の姿ではなく、今こうしてテンション高めにアイハとの会話に花を咲かせている姿が素の彼女か。

……そう思うと、なんとなく俺と彼女は境遇が似ているな。

こっちとしては本来の性格を隠しているつもりはなかったが……いや、物心ついた時からファルバーグ家の跡継ぎとして教育を受けていたわけだから、本当は気づかないだけで自然とそう振る舞っていたのかもしれない。

まあ、それは置いておくとして――とにかく、今はもうリタイアしてしまったが、家の名を背負って日々を送らなければいけない重圧は理解できるつもりだ。

「幼い頃からフレッド様について世界中を旅し、一年前からバノス支部の代表に抜擢されました――なので、あなたやアイハ殿のように、年の近い若者と本音で接してきた経験が皆無なのです」

「……反動ですかね?」

「私はそう見ています」

笑みを浮かべる彼の口はまだ止まらない。

「ここからはどうか軽く聞き流していただきたい、私のひとり言なのですが」

そう前置きしてから、ゆっくりと語る。

「あなたの先ほどの提案は大変喜ばしいものでした。お嬢様にとっても、年の近い親しい存在がいてくれるのは心強いですし、聖樹に選ばれし若者とあれば我々としても安心です」

「モリスさん……」

本物の親のような目線だな。

……正直、今のクレイナの状況は、フレッド・ノードンの目指していた姿からかけ離れているだろう。凄腕商人の面影はなく、年相応の明るい女の子って印象を受ける。

ただ、モリスさんはむしろそちらの方が好ましいと思っている節が見られた。

本人にも尋ねてみたが、「私は所詮、雇われの身。雇い主であるフレッド様のご意向に従うまでです」と返されてしまう。

これがいわゆる大人の対応ってヤツか……納得はできないけど、彼の立場を考えたらそれ以上はなにも言えないな。

でも、今のクレイナを悪くは思っていないようなので、ここにいる時くらいは今のままでもいいんじゃないかと思っていた。

きっと、モリスさんも同じだろう。

でなければ、わざわざ俺に話しかけてあのような話題を振ってくることなんてないだろうからな。

大体の流れが分かったところで、そろそろふたりのもとへと戻ろうとしたら、

「ちょっと、リオ！」

噂のクレイナ嬢に腕を引っ張られた。

「な、なに？　どうしたの？」

「あなた、全属性の魔法が使えるって本当なの⁉」

どうやら、アイハから話を聞いたらしい。

「名のある魔法使いだって、まともに扱えるのはせいぜい四つくらいなのに……」

「そ、それもまた聖樹の特徴と言うか――」

「そう！　そこがもう違うのよ！　大体、なんでそんな重要な情報を隠していたのよ！」

「か、隠していたわけじゃ……」

……本当に、さっきとは別人のようなテンションだな。

「お、お嬢、落ち着いてください」

「そんなに畳みかけられてはできる説明もできませんよ」

「わ、分かっているわよ」

周りの屈強なボディガードたちになだめられて、ようやく冷静になったクレイナ。再び「コホン」と咳払いを挟んでから、

「少し、取り乱してしまったみたいね」

これまでのテンション高めな言動をなしにするのは難しいと判断したのか、そう振り返ったクレイナ。

だが、虹色の魔力による効果は関心が高いらしく、すぐさま話題を戻す。

「話を戻すけど、本当に全属性の魔法を使えるの？」

「実は……今のところ、まだ炎属性と水属性くらいしか試してないんだよね」

しかも、炎を出した時は魔法に驚いた村人たちに泉の水をぶっかけられてびしょ濡れになったんだよなぁ……まあ、今振り返ってみるといい思い出になっているよ。

「そうなの？」

「魔法を使うより、この土地で野菜をきちんと収穫できるのかどうかが気になって……正直、魔法どころじゃなかったんだ」

「ふーん——って、野菜！」

再び叫ぶクレイナ。

俺もすっかり忘れていたが、彼女はもともと魔力回復効果のある野菜について知るためにエ

ノ村へ来たのだった。伝説の聖樹によって関心がすっかり逸れてしまったせいで、記憶から飛んでいたらしい。

ただ、聖樹の存在を確認したことで、すべての謎が解明できたようだ。

「聖樹があるというなら、野菜の謎も解けたわ。原因は……聖水ね？」

「正解だ」

そこまでの知識も備えてあったか。

しかし、実際にそれが現実として起きている事実については、未だに消化しきれていないように見えた。まあ、自分の目で確かめてもなお夢じゃないかと疑う気持ちは痛いほど分かるけど。

「聖樹が実在していたなんて……衝撃の事実だわ」

「種を受け取った俺自身も、未だにどこか信じられていないんだよね」

「前代未聞だものね。……にしても、これほどの効果を見せつけられてしまうと、ファルバーグ家の当主は跡継ぎ交代を早まったと言わざるを得ないわ」

「あっ、もう公表されているんだ」

「ええ。もっとも、聖樹の件を抜きにしても、今回の交代劇については懐疑的な見方をしている人も少なくないわ」

俺に代わって次期当主となったのは双子の弟であるマオベルト。

前から評判はよくなかったからなぁ……会場では聖杖となんの植物か分からない種を授かったっていうインパクトがあってマオを賞賛する意見が多かったが、数日経って冷静になったら意見が変わったのかな。

いい加減と言えばそうなんだろうけど、まあ、よその家庭事情に関してはどこも似たようなもので、ドライだよな。特に貴族社会は。

過去を思い出していると、ふと疑問が浮かんだ。

「そういえば、クレイナは神託の儀式を受けたの？」

「あたしは来年なの」

じゃあ、俺よりもひとつ年下なのか。

雰囲気が大人びているので、俺より少し年上なのかとも思っていたのだが。

そうなると、次に気になるのはアイハだ。

「アイハは今いくつだっけ？」

「私は十四歳だよ！」

「あら、それならあたしと同い年ってこと？」

「そうなの⁉　やったぁ！」

「ふふふ、ただ年齢が同じなだけじゃない」

ニコッと自然な笑みを浮かべて、クレイナは言う。これにはモリスさんたちも驚きを隠せないでいた。中には「お嬢が笑っている⁉」と涙ぐむ人まで出る始末。きっと普段から彼女が無理をしているって察していたんだろうな。

ならせめてここでだけでも本来の彼女らしい振る舞いができるようになってもらいたい。

そこで、クレイナにある提案をする。

「なあ、クレイナ」

「うん？」

「まだ収穫の続きがあるんだけど……手伝っていかないか？」

「て、手伝うって」

俺からの提案を受けて、クレイナの表情が一瞬固まる。恐らく、夢にも思っていなかったのだろう。

「で、でも、野菜の収穫って一体なにをしたらいいのか……」

返ってきたのは拒絶の言葉ではなく、純粋な戸惑いだった。

「俺たちが教えるから。ほら、こっちだよ」

聖樹の屋敷から出ると、泉近くにある畑へと移動。そこではすでに新しい野菜の種を植えたり、育った野菜を収穫したりと忙しなく動く村人たちの姿があった。

「領主様、どうかされましたか？」

「もちろん、みんなを手伝いにきたんだよ」

「し、しかし、確か来客が……」

「そのお客さんも一緒に手伝ってくれるってさ」

「えっ？　お客さんが？」

途端に、みんなは顔を見合わせた。

今来ている客が只者ではないのはなんとなく伝わっているらしく、そんな大物が泥だらけになる農作業を手伝うとは思ってもみなかったのだろう。

「よ、よろしくお願いします」

おずおずと前に出たクレイナ。そんな彼女を村人たちは温かく迎え入れた。

「農作業の経験はあるかい？」

「い、いいえ、初めてです」

「だったら、こっちの道具を使ってみなよ」

「見た目より重いから気をつけて」

「は、はい」

収穫用のハサミを受け取ったクレイナは、村人たちから収穫の手順を教えてもらい、バノスの中央広場で食べた物と同じトマトを茎から切り離す。

「あっ、採れた！」

高々と、クレイナは人生初収穫となるトマトを掲げた。それを受けて、村人や商会関係者た

ちからは拍手が飛ぶ。

「それにしても……これが本当にあの不思議な効果をもたらすトマトなの？　別段変わったところはないようだけど」

「実際、バノスで食べたトマトだって変わったところはなかっただろ？」

「言われてみれば確かに……」

「心配なら、食べてみる？」

「い、いいの⁉」

「初めての収穫記念だしね」

これもまた大切な経験だ。

俺はクレイナに泉の水でトマトを洗うように伝える。彼女はその言葉通りに収穫したトマトを泉で洗うと、おっかなびっくりしながらそれを口に含み――次の瞬間、カッと目を見開いた。

「あ、あの時食べたトマトとまったく同じ……やっぱり、聖水の力が野菜に魔力回復という付与効果をもたらしているみたいね」

クレイナは冷静にそう分析するが、すでに関心は別の野菜へと移っていた。

「他の野菜にも同じ効果が？」

「試してみる？」

「望むところよ！」

トマトを食べ終わると、クレイナは他の野菜の収穫を手伝いに向かう。

超絶エリート商人である彼女は、これまでも商品として野菜を扱う機会はあっただろう。だが、こうして一から収穫するのは初体験となる。

「こんな風に育っていたのね……」

顔や手に泥がついても一切気にする素振りを見せず、村人たちが協力して行う農作業の光景を眺めたり、手伝ったりしていた。

そうして抱いた感想は、俺とまったく同じものだった。

貴族を続けていたのでは、このような真実に向き合えることはなかったし、彼女もきっとそうだったろう。

「野菜の収穫って、こんなにも疲れるのね」

「なかなか重労働だろ？　俺も初めてやった時は大変だったよ」

「でも、みんなでやると楽しいよ？」

「えぇ。あなたの言う通り、苦労の中にも楽しさがあるわ」

呼吸を整えながら、アイハの言葉に賛同するクレイナ。

この短時間のうちに随分と仲良くなったな。

「それにしても、まさかすべての野菜に同じ効果があるなんて……」

「俺も驚いているよ」

「とてもそうは思えないあっさりとした反応だけど……まあ、いいわ。ともかく、こうなると単にあのトマトだけが特別なのではなく、この地で育った野菜だからこそあの付与効果があるわけね」

すべては聖樹のおかげ。

聖樹の根から溢れ出る魔力を含んだ聖水が周辺の環境を一変させ、そこでつくられた野菜にも影響が出ている。よそにはマネできない、うちだけの特徴だ。

「おまけに影響が出ているのはこの畑だけじゃなく、ガウベル地方全体に行き渡りつつあるようね」

どこか遠くを見つめるクレイナ。彼女の視線の先に広がっているのは、緑を取り戻しつつあるガウベルの大地だ。

「隣国にある都市との交流で何度かここを通った記憶があるけど……乾いていた大地に潤いが戻ってきたってわけね」

「これもすべては聖樹のおかげだよ」

「そうかしら？」

「へっ？」

思わぬ返答に、たまらず変な声が出てしまう。

「すべてはあなたが神託の儀式で聖樹の種を授かったことから始まっているのよ？　あなたが

いなければ、今もこのガウベルの地は枯れ果てた荒野のままだったわ」

「その通りだよ！」

クレイナの後ろから顔を出したアイハが続く。

「私たちの村に自然な笑顔が戻ったのは、間違いなくリオのおかげだよ」

「アイハの言う通りだ」

今度はジェイレムさんが続いた。

さらに、彼の背後に立つ村人たちも「うんうん」と頷いている。

ここまでみんながそう言ってくれるのは素直に嬉しかった。——しかし、俺の抱える心情としては、

「俺なんてなにもやっていないよ」

これだった。

なんというか、まだ全然実感が湧いていないのだ。もっと言うと、未だにファルバーグ家を追いだされたって現実が飲み込めず、どこか第三者の視点で見ている節がある。

ようやく最近は自覚も出てきたけど……それでも、やっぱりどこか信じられない気持ちはあった。

しかし、当のクレイナは腑に落ちないといった表情を浮かべていた——が、すぐに「はあ」と息を吐き、小さく笑う。

「……きっとあなたがそんな風だから、聖樹の種を託されたのかもね」

「えっ？」

「なんでもないわ。ところで、話は変わるけど……」

そう口にした瞬間、クレイナの表情が引き締まる。さっきまで農作業に汗を流していた少女の姿から、一流の商人へと変わったのだ。

「商談がしたいの」

「……分かった」

俺は彼女と商会関係者たちを聖樹屋敷の二階にある応接室へと通し、そこで彼女が持ちかけた商談を受けることにした。

当然、領主である俺が出席するわけだが、村人を代表してジェイレムさん、さらにクレイナと仲良くなったアイハに同席してもらう。

準備は整った——と、思ったら、

「クレイナちゃん！」

「うん？　なにかしら、アイハ」

「話し合う前に、お風呂で汗を流しましょう！」

「お風呂？　……まあ、確かに、そういう気分ではあるけれど……」

「なら、うちの風呂を使うか？　広いし、魔鉱石を使えばすぐに沸くから」

「そ、そう？　だったら……お借りしようかしら」

「ご安心ください。念のため、着替えをご用意してありますので」

用意がいいなぁ、モリスさん。まさかとは思うけど、最初からこうなると予測していたのか？

「一緒に入ろうよ！」

「い、一緒に？　……そうね。そうしましょうか」

バノスの中央広場で会った時は、どこか俺たちに対して警戒心を抱いているような印象を受けたクレイナだが、今ではすっかりそうした素振りを見せなくなった。これもまたいい傾向だと思う。

とりあえず、ふたりを風呂場へ案内すると、俺たちはモリスさんたちを先に応接室へと案内する。

「では、みなさんはこちらへ」

ジェイレムさんやモリスさんたちと一緒に聖樹屋敷へと入り、二階へと上がっていく。

ジェイレムさんも鍛えられているが、モリスさんたちも負けてはいない……ムキムキの大男たちに囲まれる形で、ふたりの風呂上がりを待つことになるのだった。

――三十分後。

入浴を終えたふたりが応接室へとやってくる。

「こんな立派な応接室まで完備していたなんて……」

「まだ家具は揃えきれていないんだけどね」

まさかこんなに早く客をここへ招き入れるとは想定していなかったため、ほとんど手つかずだったんだよな。本来なら、もうちょっとインテリアにこだわりを持ちたいところだが。

とりあえず、聖樹の能力で生みだされた木製のテーブルを挟むように、こちらも聖樹製のイスに座って商談を始めた。

「早速だけど、あなたたちの畑で栽培している野菜を私たちノードン商会で扱わせてもらいたいの」

クレイナは寄り道せず、真っすぐに要求を述べた。

これに関して言えば、むしろこちらからお願いしたいくらいだったので助かる。

ノードン商会と言えば国内でも屈指の大手。独自のルートをいくつも持っているし、さまざまな界隈に顔が利く。なにより、バノス支部を任されているクレイナは信用できる子だと思っていた。断る理由などない。

「こちらとしても、そうしてもらえたらありがたいな」

「……随分とあっさり決めるのね」

名のある商人であるクレイナからすれば、もうちょっと慎重に検討したらどうなのかって言いたいらしいが、きちんと決めた根拠だってある。

「君は信用できる相手だと思ったからだよ」

「っ⁉」

素直な感想を伝えただけだったが、クレイナにとって俺の返答は予想外のものだったらしく、妙にソワソワしていて落ち着きがない。顔もちょっと赤くなっているような気がする。

そこへさらにアイハが追い打ちをかけた。

「クレイナちゃんとはもう友だちだもん！」

「友だち……」

アイハの口から出た友だちって言葉が、クレイナには深く響いたようだった。モリスさん曰く、幼い頃から商人として英才教育を受けてきて、年齢の近い友人がいないらしいから、余計にそう思えるのかもしれない。

商売に私情が挟むとうまく回らなくなるって話は聞いたことあるけど、逆になさすぎてもダメだと思う。素人考えだが、ビジネスでつながった関係よりも強い友人関係が、時にはプラスに作用するケースだってあるはずだ。

「ま、まあ、あたしとしてもあなたたちを騙すようなマネなんてしようとは微塵も思っていないけど……」

「なら、俺はその言葉を信じるよ」

「……期待を裏切らないよう努力するわ」

とは言うが、彼女の瞳は自信に溢れていた。

きっと、クレイナになら任せても大丈夫。きっとうまくやってくれる。

「で、話は変わるんだけど」

そこまで言うと、後ろで待機していたモリスさんがクレイナになにかを渡し、机の上に広げたのだが……どうやらこれはガウベル地方の地図のようだ。

「ノードン商会が注目しているのは、ここの野菜だけじゃないの。ガウベル地方の地理に関しても、ある重要な事実が判明したわ」

ガウベル地方の地理に関する事実？

「もしかして……隣国と商業都市バノスとの位置関係について？」

「っ!? あなた、気がついていたの？」

「領地運営をしていく上で、いろいろと地理を調べていた際に気づいたんだ。長距離移動する商人たちにとっての中継地点——そういう路線で売りだしていくつもりだ」

「へぇ……やるじゃない」

クレイナは嬉しそうに言う。

心なしか、一度落ち着いたテンションが再度高くなっているような気がした。この場合は商人としての血が騒いでいる意味でのほどよい興奮状態ってところかな。

「聖樹のもとで生まれ変わる荒野の村……これからもっと規模を大きくしていっても問題ないんじゃないかしら？」

「俺も同じように考えてはいるんだけどね……慢性的な人材不足なもので」

これぱかりはどうしようもない。

いきなり人口を増やすわけにもいかないし、労働者を雇い入れる仕組みも資金もない。すべてはまだ始まったばかりで、なにもかもが白紙の状態だった。

ガウベル地方の置かれている現状を知ったクレイナは、このままにしておくのはもったいないと感じたようで、俺にある提案を持ちかけた。

「それなら、あたしたちノードン商会がバックアップをするわ」

「えっ⁉」

「村の発展に欠かせない費用の一部を負担させてもらうわ」

「い、いいのか？」

とてつもなくありがたい話だが……なんだか申し訳なさがある。

ただ、疑っているわけじゃなくて、バックアップ自体は非常に嬉しい申し出であるには違いないが……成功するかどうかハッキリとしない面があるため、本当に大丈夫かという気持ちの方が大きかった。

――しかし、当のクレイナはまったく気にしていなかった。

「農場の現状については、私自らが直接出向いてチェックしているわけだし、味や効果も実証済み。これはいわゆる先行投資よ」

スラスラと言い終えた後、クレイナはニコッと微笑んだ。

「それに……さっき、あなたはあたしを信じると言ってくれたでしょう?」

「あ、あぁ」

「そのお返しよ。あなたと領民たち、さらに聖樹があればどんな困難も乗り越えて大きくなっていける――そう確信したから、提案しているの」

真正面から言われて、思わず黙ってしまった。

クレイナはそこまで俺たちのことを買ってくれていたのか。

ここまで言われた以上は、俺たちも申し出を受け入れよう。そして、期待にしっかり応えられるよう仕事をこなしていく。これがなによりの恩返しになるだろう。

「……分かった。ありがとう、クレイナ」

「お礼なんていいわよ。書類での契約は後にするとして――問題はここからガウベル地方をどう盛り上げていくのか、詳細について話し合いましょう」

そこが肝心だ。

「具体的にはまだなにもなくて……ただ、もっとガウベル地方全体を見て回った方がいいかなとは思っているんだ」

「そういえば、あなたがここの領主になってからまだ数日だったわね」

「日数で言えば確かにまだ来たばかりなんだけど……いろいろとありすぎてねぇ」

ここへ来る途中のことを思い出すと、わずか数日でノードン商会代表のご令嬢と顔を合わせて商談するなんて夢にも思っていなかったし。

「具体的なプランはないって話だけど、ぼんやりとでも『こうしたい』みたいな方向性はないかしら？」

「バノスのような大都市にするよりは、隣国とバノスの交易における中継地点として発展できたらって思っているんだ」

「そうね。まだ詳しく調べてみないことにはなんとも言えないけど、この近くにダンジョンはないようだから、ギルド運営もできなさそうだし……宿屋だったり食堂だったり、その点を充実させてお客を呼んだ方がよさそうね」

どうやら、クレイナと着眼点は似ているようだな。

この近くにダンジョンがあれば、冒険者を対象にした村づくりができたのだろうが……それが難しそうだったので、中継地点としての村づくりにシフトしたのだ。

目指す姿は同じのようだ。

だが、それを実現するためにはいくつかクリアしなければならない問題がある。

「さっき言った宿屋や食堂を新しく建築するにしても、職人や資金の調達が難しいんだ」

「そこはあたしたちノードン商会がカバーするわ！」

「お、お嬢様……」

頼もしく胸をドンと叩いたクレイナだが、モリスさんは慌てた様子で止めに入る。

「会長にひと言お声をかけた方がよろしいのでは……？」

心配する点はそこだろう。

あくまでも冷静な第三者視点からの判断だ。

しかし、クレイナの判断に変化はなかった。

「お父様は必ずあたしが説得する。結果を出せばなにも言ってはこないでしょう？」

「そ、それは確かにそうなのですが……」

「なら、なにも問題はないわ。これまで、あたしが言った通りに事が運ばなかった試しはないでしょう？」

「うっ……」

清々しいまでにズバッと言いきったな。モリスさんも、これ以上議論しても気持ちは変わらないだろうと判断したのか、沈黙。

恐らく、彼女の『言った通りに事が運ばなかった試しはない』という発言に嘘はないのだろう。それにしたって凄い自信だが。

……ちょっと心配になってきたので、モリスさんへ小声で実際にどうなのか尋ねてみると、

「お嬢様のおっしゃる通り、フレッド会長はなによりも実績を重視される方です。この村が隣国との交易中継地点として栄えれば、先行投資の件も不問となるでしょう」

なるほどね……大商会のトップらしい考え方だ。

まあ、俺としても彼女の想いに応えたい気持ちはあるし、なにより村の発展に貢献できるかららな。

クレイナは早速ボディガードを務める男たち数人をバノスへと戻し、ノードン商会にゆかりのある者たちへ声をかけ、エノ村の大改造へと着手する準備に取りかかる。

必要な人材が整うまでに時間がある。

そこで、明日からは村人たちに野菜の収穫と販売を任せ、俺はクレイナにアイハ、さらにジェイレムさんやモリスさんたちとガウベル地方を見て回ろうと考えていた。

泉を起点にして、ガウベルの大地に川という形で広がり続けている聖水の影響により、あちこちで草木が急激に成長を始めていた。おかげで、馬に乗っての移動もこれまでよりずっと楽になるだろうし、楽しみだ。

さらに、クレイナからもうひとつ提案を受ける。

「実は、ここにノードン商会の事務所を構えようと思っているの」

「ここに？」

「その方がいろいろと便利でしょう？」

言われてみればそうだな。

だったら、ちょうどいい場所がある。

「もしよければ、聖樹屋敷の二階部分を事務所ってことにしないか？」

「ここを？　……いいの？」

「今のところ、俺が使う予定はないし、足りなくなったら能力でまた新しい部屋をつくればいいからね」

「じゃあ……お言葉に甘えようかしら」

「やったぁ！　クレイナちゃんも一緒にここで暮らすんだね！」

「えぇ。しばらく厄介になるわね」

……もしかして、クレイナはアイハと離れるのが嫌だったのかな？

まあ、彼女は若いといっても一流の商人なわけだから、公私混同はせず、純粋にビジネスのための移住だろうけどさ。

「そうと決まったら、いろいろと家具も揃えなくちゃいけないわね」

「でしたら、新たにバノスへ使いを送り、調達させましょう」

「お願いするわ、モリス」

「かしこまりました」

こうして、流れるようにクレイナの聖樹屋敷への移住が決定した。

打ち合わせを終えると、一度みんなを外に出し、二階の空き部屋をノードン商会の事務所として開放するべく部屋の改装へと取りかかる。クレイナとしては、ここの事務所はエノ村に関する案件をだけを専門で取り扱う場所――つまり、エノ村支店として運用したいらしい。

これを機に、聖樹屋敷周辺の改装も同時に行っていく。

まずは二階の事務所へ直通できる階段を別に設置。一方で、外に出て聖樹周りを歩きやすいようバルコニーも新たに加えた。

「おぉ！　これなら周りの様子もバッチリ確認できるな！」

「そういう見張り台的な意味も込めてつくったので。きちんと機能できそうでなによりです」

見晴らしのいいバルコニーは、村人たちにも好評だった。

最初は本当に普通の大木だった聖樹だが、今では生活感のある住居へと変わりつつある。俺としては、この調子でみんなにとっても憩いの場であってもらいたいという願望があった。

やはり、領主となるからには領民をよく理解していないとダメだ。そのためには、近い位置で人々の生活を見守る必要がある――聖樹屋敷はそんな俺の想いを具現化した場所と言えた。

一方、ノードン商会との契約や事務所づくりも着々と進められていった。

用意された書類の中身を確認して署名すると、そこへ代表者である俺とクレイナの魔力を注ぐ。これにて正式に契約が取り交わされ、ガウベル地方はノードン商会の協力を取りつけることができたのだ。

ちなみに、この件に関しては父上に報告をしていない。

『好きに暮らせ』と言われたんだ。

今さら連絡する必要もないだろうし、そもそも父上はもう俺に関心を持っていない。聖杖を持つマオにファルバーグ家を継がせるために忙しいだろうからな。

徐々に夕暮れへと変わりつつある空をバルコニーで眺めながら、遠い昔の出来事のように感じてしまう実家での暮らしを思い出す――と、

「ねぇ、リオ」

アイハが声をかけてきた。

「どうかしたの？」

「今日はクレイナちゃんたちを歓迎する宴会を開こうと思うんだけど……どう？」

歓迎会、か。

うん。いいじゃないか。

「大賛成だよ。早速みんなに話して準備をしないと」

「大丈夫！　すでに着々と準備を進めているぞ！」

ジェイレムさんへ話を持っていこうとしたら、そのジェイレムさんに止められた。

「よ、用意がいいですね」

「実はすっかり彼らと意気投合してなぁ……」

彼らとは、クレイナのボディガードも兼ねているノードン商会所属の商人たちだろう。まあ、見た感じの印象から、ジェイレムさんや村の男たちとは話が合いそうな気はしていたけど。

ともかく、仲良くなった彼らとこの村の発展に尽力してくれることになったクレイナを歓迎する意味も込めて、盛大な宴会が開かれる運びとなった。

今日もまた、楽しい夜になりそうだな。

第五章　スナネコの獣人族

ノードン商会を歓迎する宴会から一夜が明けた。

あれだけ大騒ぎしていたジェイレムさんやモリスさん、さらにはエノ村の男性陣に商人たちといった面々は、誰も二日酔いの素振りさえ見せず、早朝から元気にそれぞれの仕事に向けて準備を進めていた。

お酒を飲んだ経験がないから分からないけど……平気でいられそうな量じゃないと思うんだけどなぁ。

ちなみに、クレイナは新しくつくった事務所のベッドで寝たが、モリスさんたちは外でテントを張り、そこで夜を過ごした。

部屋を用意すると言ったのだが、『邪魔をしては悪いですから』と断られてしまう。

しかし、邪魔をしてはって……どういう意味だろうな。クレイナに聞いたら『そんなの知らないわよ！』って怒り気味に返されるし。

とにかく、体調面に不安がないなら心強い。

これなら今日も問題なく仕事に邁進できるな。

本日は行動に応じていくつかのグループに分かれるところからスタートする。

まず、俺とクレイナとアイハ、そして数人の村人と商人たちはガウベル地方の全体把握のために近辺を見て回る。

さらに、一部村人と商人は本日収穫分の野菜をバノスの中央広場へ売りに行く。

他のメンバーはいつもの農作業と屋敷の警備役として村に残ることとなった。

「よし。そろそろ行こうか」

「そうね」

「はい！」

今後の発展にかかわる重要な発見があるかどうか……期待を胸に、俺たちは村を後にするのだった。

移動手段は馬車が採用された。

俺やジェイレムさんは問題ないが、アイハはまだ馬に乗れないため、クレイナの乗ってきた馬車に同乗させてもらう。

「うわあ！　凄ぉい！」

屋根付きの馬車に乗るのは初めてというアイハは終始興奮気味。

一方、俺は窓の向こうに見える光景を食い入るように見つめていた。

この辺りは聖水の影響で植物が育ってきているが、その先にはまだまだ殺風景な荒野が広がっている。

しかし……こうして改めて見ても、本当になにもないな。

一応、背の低い山が見えるけど、あそこは隣国との国境付近だから、あまり近づかないようにしないと。

それ以外で、他に人が生活していた痕跡のようなものがないか探してみたが、気になる物はなにも発見できず。

エノ村の人たちは自分たち以外でこの地に暮らしている人間を知らないと言っていたが、あくまでもただ接触していないだけで、本当はどこかに集落が別にあるのではと予想していた。

本来、集落同士の結びつきを持たせるのも領主の役割ではあるが、このガウベル地方は長らく領主不在の状態が続いていたため、そうした存在が皆無と言えた。なので、もしやと期待をしたのだが……どうやら、空振りに終わったみたいだ。

「随分と熱心に風景を眺めるじゃない？」

窓の外に向けられた視界の外から、クレイナの声がした。

「あっ、ご、ごめん。つい夢中になっちゃって」

「別にいいわよ。領主としては気になるところでしょうし。――で？　あなたの目にこの大地はどう映ったのかしら？」

どこかワクワクした様子でそう尋ねてくるクレイナ。対して、こちらはありのままの感想を伝えた。

「いや、本当にここはなにもないんだなぁって」

「当然でしょうね……仮になにかあるとすれば、きっと他の貴族が手を出しているだろうし」

クレイナが指摘した通りだ。

大体、なにかあるならそもそもファルバーグ家が放っておくはずがない。

手つかずの状態で放置されている現状を見る限り……やっぱり、この土地は空っぽなのかな。

「噂通りになにもなくてガッカリした？」

「いや……なにもないからこそ、俺が新しくつくっていこうって気力が湧いたよ」

「ふふふ、さすがは私が見込んだ人ね」

今度は楽しそうにクレイナが笑う。それにアイハが反応した。

「あれ？　どうかしたの？」

俺以上に外の景色へ夢中になっていたようで、ここまでのやりとりが耳に入っていなかったらしい。

「なんでもないわよ、アイハ。ただ、リオが凄いなって話をしていたの」

「私もそう思う！」

こっちはこっちで瞳を輝かせながら言う。

……本人が目の前にいるんだけどなぁ。

まあ、アイハにはそういうのはあんまり関係なさそうだ。

こんな調子で、俺たちはなんでもない話で盛り上がる。

きっと、年の近い友人同士はこんな感じで会話を楽しんでいるんだなとなんとなく思えた。


——異変が起きたのは村を出てからおよそ一時間後。

外の景色に明らかな違いが現れた。

「徐々に道が険しくなってきたな」

聖水の影響によって土壌が改善されたため、草木が生え始めており、最初はとても進みやすかったのだが、少しずつ荒れた地面が姿を見せつつあった。

言ってみれば、これまでのガウベル地方だ。

「よし。この辺りで一度止まろう」

「分かったわ」

クレイナから御者へと話が伝わり、そこから同行するみんなへと話が通って全体が揃ってストップ。

俺たちも馬車を降りて、合流する。

「う〜ん……ちょっと体が固まったかな」

軽くストレッチをして全身を解す。

そこへモリスさんがやってきた。

「現段階で聖水の影響が及んでいるのはこの辺りまでのようですな」

「みたいですね」

俺とモリスさんは肩を並べて周りをチェックする。

昨日に比べると、緑化はさらに進んでいるようだが、泉からの距離が遠くなっているせいもあってか、勢いは衰えつつある。

だが、着実に緑化はされてきているので、あとは時間の問題だろう。

「この調子で草木が育ってくれたら、人が暮らせるくらいの土地になるね」

「えぇ、そうね。ガウベル地方は大きいから、うまくいくとエノ村以外にも町や村ができると思うわ」

聖樹の力で、ガウベル地方の環境は劇的に変化しつつある。

アイハとクレイナが言うように、この辺りの広い空間ならば村や町としての機能も十分に果たせるだろう。

とはいえ、聖樹はこのガウベル地方の象徴となりつつある。なので、中心にあるのはエノ村というのは揺るがない。これは俺とクレイナの共通認識であった。

それからも周辺を歩いて調べていたのだが……なんだか、妙な感覚が全身にまとわりついてくる。不快ってわけじゃないし、この感覚は前にもどこかで――

「あっ」

ようやく、この感覚の正体が分かった。

……いつも感じているアレじゃないか。

そう理解した直後、しゃがみ込んで地面に手を触れた。

「なにをしているの、リオ」

「いや……ちょっとした実験だよ」

「実験？」

「なになに？　どうしたの？」

最初に関心を持ったのはクレイナだった。そこへアイハが関心を抱き、他のみんなも集まってくる。

周りからの視線を浴びつつ、意識を集中。

――うん。同じだ。

聖水の効果で地中には魔力が存在している。

ここで、ひとつの仮説が浮上した。

聖水の魔力なら、当然、聖樹の魔力と同質となる――そして、俺は聖樹の魔力を自在に操れる。

これが意味するものをこれから実演してみようと思う。

「理論上は……可能なはずだ」

俺の手に集まる魔力。

……間違いない。

「イケそうだな」

確信を抱いた俺の顔は思わず綻ぶ。

聖樹の魔力と同質だと言うなら、一帯の植物は聖樹屋敷と同じように操れるはず——そんな俺の考えは見事に的中した。

地中から巨大な木の根がいくつも突きだして、天を目がけて伸びていく。やがて、それらは一ヵ所に集まり、あるモノを形成していった。

「な、なにが起きているの⁉」

「これって……聖樹でお屋敷をつくった時と同じ？」

「ま、まさか、ここでも聖樹屋敷と同じような能力を発揮できるのか⁉」

クレイナやアイハ、そしてモリスさんたちが驚く中、俺の操る木の根は徐々に姿を変化させていき、やがて一軒の家となった。

「す、凄い……」

「まさに職人いらずね……バノスで職人集めをしてくれているみんなに、必要はなくなったって伝えないと」

アイハとクレイナはわずかな時間で完成した木造の家を見上げながら呟く。

どうやら、聖樹の魔力が及んでいる範囲内であれば、俺の魔力で自在に周辺の植物を操れる力があるらしい。つまり、聖樹屋敷内でやっていたことが聖樹から離れた場所でも使用可能となるわけだ。

仮に、聖樹の影響力が及ばない場所であっても、俺には虹色の魔力がある。

今はまだ簡単な魔法しか扱えず、完璧に使いこなせているとは言えないが、これに関してはたとえ国を跨いだとしても使えるので早いところ使える種類を増やしていきたい。

「ますます常人離れしていくな……領主殿」

「あははは……」

ジェイレムさんに肩を優しく叩かれながら言われた俺は苦笑いでしか返事ができなかった。現実にとんでもない効果をまざまざと見せつけられているわけだが、信じられないのが素直な心情だ。

少し落ち着きを取り戻してから、出来上がった家の中へ足を踏み入れてみる。

「頑丈だし、なかなかいい造りですね……」

「窓がないのは難点だが、聖樹屋敷と同じなら好きなように改装できるはず。後からでも十分に対応できるだろうな」

モリスさんとジェイレムさんが室内をチェックする中、もう一度別の魔法を試すために地面に手を触れる。

今度は物づくりの魔法ではなく、探知の効果が得られる魔法を使用する。

もちろん、聖樹の魔力が影響を与えている地域に限定されるが、なにか異変がないかどうか、それくらいなら分かるはずだ。

実際に試してみると、地面に触れている手の平を通して、周辺の様子が頭の中に流れ入ってくる。まだ森や林と呼べるほど木々が生い茂っているわけではないが、思っていたよりも広範囲に渡って草木が生えているようだ。

泉から流れてつくられた川の近くには、すでに虫や鳥の存在も確認できる。これからもっと植物が育っていけば、さらにたくさんの生き物がここに居着くだろう。

「さすがにまだ動物はいないかな」

残念だが、今後の楽しみにしておこう。

大体の調査を終えて切り上げようとした時、

「うん？」

俺は川の近くになにかを発見する。

「なんだろう……なにかがあるのは間違いないんだろうけど……行って確かめてみるか」

詳細な情報を把握できなかったため、ここまで分かったことを伝えた後、みんなと一緒に地に向かう。

方角は南東。

距離は遠くない。

なにかの存在をキャッチした方角へ馬を走らせると、五分たらずで到着。

「この辺りのはずなんだけどなぁ……」

「なら、手分けして探しましょう」

「だな」

クレイナの案を採用し、数人のグループに分かれた。

気配からして、モンスターではないと思われるのだが……念のため、注意を怠らずに調査を進めていく。すると、

「あっ！　こ、こっち！　こっちだよ！」

なにかを発見したらしいアイハが、大声で俺たちを呼ぶ。

すぐに駆けつけると、そこには想像を超える光景が広がっていた。

「えっ!?」

思わず足が止まり、そんな声が漏れる。

「ひ、人？」

震えるアイハが指さした先には、目を閉じて横になっているひとりの女の子が。褐色の肌と銀髪の長い髪を後ろでまとめたポニーテールが印象的——だが、それ以上に目を引いたのが猫

耳と尻尾であった。

「この子……猫の獣人族か？」

王都ではたまに見かけるが、まさかこのガウベル地方で遭遇するとは思ってもみなかった。

念のため、ジェイレムさんたちに獣人族の存在を知っていたか尋ねてみるが、全員が首を横へと振った。

こうなると、彼女が目覚めるのを待つしかないのだが……どうも様子がおかしい。なんだか苦しそうな顔をしている。

「だ、大丈夫か？　なにがあったんだ？」

こちらの呼びかけには応答がない。

「も、もしかして……」

青ざめていくアイハ――だが、最悪の事態は回避できていた。

「大丈夫だよ。少し乱れているとはいえ、きちんと呼吸はしているから死んではいない」

「でも、危険な状態には変わりないようね」

険しい表情のクレイナが指摘した通り、彼女の呼吸は荒く、暑くもないのに大量の発汗も見られた。

彼女はなにを求め、そしてどこからやってきたのかは定かではない。

だけど、ここまで衰弱している女の子を放っておくわけにはいかなかった。

事態は一刻を争う。

衰弱している女の子をすぐにエノ村へと連れていかなくてはならないのだが、

「果たして……そこまでもつかどうか」

モリスさんから告げられる厳しい現実……だが、俺も覚悟はしていた。素人目に見ても、この子は助かる見込みが少ないと分かるほどに弱っていたからだ。

「……でも、だからといってこのままにはしておけません」

助かる可能性がほんのわずかでも残されているなら、それに賭けるしかない。

すぐにみんなへ引き返すように指示を出し、準備を始める――が、調査のために必要な武器やアイテムを馬車から下ろした直後だったため、すぐに出発するのは難しい。このような事態などまったく想定していなかったからな。

「どうすれば……うん？」

焦る俺の目に飛び込んできたのは、聖樹の影響によって新しく生まれた川だった。

「この川って――そうだ！」

絶対に助かると断言はできないが、試してみる価値はあると思い、ここまで乗せてきてくれた馬のもとへと走る。

木の幹にロープを括りつけている馬には旅に必要だと思われるアイテムが入っているリュックがあり、その中からコップを取りだして川へと向かった。

「ど、どうしたっていうのよ！」

突然の俺の行動に、クレイナをはじめみんな混乱しているようだった。

詳しく説明をしたいところではあるが……なにせ、時間がない。俺はコップに川の水を入れて彼女のもとへと戻った。

「そ、そうか！」

どうやら、モリスさんは俺の狙いが分かったようだな。

「な、なによ！　なにが『そうか！』なのよ！」

「あの川の水は、もともと聖樹の根から染み出した魔力を含むあの泉から流れてつくられたもの……つまり――」

「聖水と同じ効果を持っている！」

「な、なるほど……聖水には回復効果がある！　それを利用するのね！」

そういえば、昨日、アイハと一緒に聖樹屋敷の風呂へ入ったクレイナは効果を自ら体験しているんだったな。

「で、でも、衰弱している人を救えるの？」

「こればっかりは出たとこ勝負だけどね……」

聖水を飲んだからといって、「もう安心だ」と胸を張ることはできない。

詳しい効力に関してはまだまだ研究の余地があるからな。

けど、実際に回復機能が備わっている事実は入浴を通して確認済み。

次に少女の口を開け、「これを飲むんだ」と声をかけながらゆっくりと聖水を流し込んでいった。

「あとは少し様子を見よう」

念のため、村へ戻る準備を進めつつ彼女の経過を見守っていると——だんだんと顔色に変化が現れた。

「ね、ねぇ、さっきより顔色がよくなっていない？」

「あぁ……弱々しく乱れていた呼吸も落ち着き始めている」

どうやら、聖水の効果はバッチリ出ているようだ。

ホッと胸を撫で下ろすが——安心するにはまだ早い。完治したと決まったわけではないからだ。

とりあえず、最悪の事態は一旦去ったようではあるが、きちんと医者に診てもらおうと判断した俺たちは一度村へ戻る決断を下す。

残念ながら、エノ村には医者がいないため、ちゃんとした診療所のあるバノスまで運ばなくてはならない。

ただ、ここからバノスまで行くとなるとかなりの時間を要する。

顔色を見る限り、容体は回復へと向かっているようなので、一度エノ村へ戻って再度様子を見てから判断をするとしよう。

「……エノ村には医者が必要だな」

直面する、新たな課題。

経済的な成長は今後望みが出てきたけど、生活の安定に関してはまだまだだな。これから村を大きくしていくなら、医者の確保も必要となるだろう。この獣人族の少女の件が解決したらクレイナに相談してみよう。

さらに時間が経つと、猫耳の少女は安らかな寝息を立て始める。

完全に峠は越えたようだが、かなりやつれているところを見ると数日はまともな食事をとっていないように見受けられた。

モリスさんは違法な奴隷商から逃げてきたのかもしれないと予想していたが……真相は彼女の口から直接聞くしかなさそうだ。

ともかく、これにて今日の調査は終了とし、俺たちは未だに眠り続けている猫耳少女を連れてエノ村へと帰還するのだった。

帰還した俺たちは、まず町へ収穫した野菜を売りに行っていた村人たちから「今日も完売しました！」と嬉しい報告を受ける。

「ありがとう、みんな！」

俺が感謝の言葉を伝えると、みんなは「領主様のおかげですよ」と返してきた。

そう言われるのは嬉しいんだけど、実際、汗水流して農作業をしているみんなの貢献度が高いのも事実だ。

誰が偉いというより、この村全体の成果とするのが正しいだろう。

――と、ここまでは平和的だったのだが、俺たちの連れ帰った猫耳獣人族少女を目の当たりにした村人や商人たちは戸惑っていた。

すでに辺りは夕暮れとなり、夜が迫りつつあったが、彼女の容体が急変しないとも限らないので、やはり一度医者に診てもらう必要があると判断し、バノスへ向かおうとしたのだが、

「そういう仕事は我々の役目ですぞ」

モリスさんを含めた三人の商人が名乗りを上げてくれた。

「で、でも……」

「あなたは聖樹使いでしょ？　ここで大人しく待機し、なにかあった時は聖樹の力を借りられるようにしていなくちゃ」

クレイナにそう言われて、ハッとなる。

今は安定しているように見えるが、なにかあった時は、聖樹の力を扱える俺がなんとかしなければ。

勢いに任せてバノスへ走ろうとしたが……モリスさんやクレイナが止めてくれなかったらきっととどまろうとはしなかったろう。ふたりが冷静でいてくれて助かった。

「……そうだな。じゃあ、よろしくお願いします」

「お任せを」

帰ってきたばかりだが、またしても長距離での移動となってしまった。だが、モリスさんたちは仕事柄こういうのは慣れていると笑っていた。

医者の手配は彼らに任せ、俺はなにかあった時のために待機しておこう。

ちなみに、獣人族の少女は聖樹屋敷の一室に寝かせてある。

「だ、大丈夫かなぁ……」

心配そうに室内をウロウロするアイハ。もちろん、俺も心配はしているが……これぱっかりは彼女の生命力に期待するしかない。獣人族は人間よりも頑丈だって話だし、今は顔色もよくなりつつあるから問題ないと思う――が、決して油断はできない。

気を引き締めたところで、二階に新しくできたノードン商会の事務所から一階にある俺の部屋へとクレイナが戻ってきた。手には資料と思われる一枚の紙を手にしており、それを見つめながら眉根を寄せて「うーん」と唸っている。

「気になることでもあったのか？」

「彼女が違法な奴隷商から逃れてきたっていうなら、なにか情報が入っているかもって過去の報告を見返していたんだけど……」

「君の反応を見る限り、該当するような案件はなかったのか」

「えぇ」

まあ、まだ誰にも捕捉されていない組織が絡んでいるのかもしれないが……ともかく、発見された時の彼女の様子は尋常でなかった。

せめて、身元だけでも分かればなぁ。

そんな風に考えていたら、彼女を寝かせてある部屋からなにやら物音が聞こえてきた。

「気がついたのかな？」

彼女の現状を把握するべく、部屋の前に立ってドアをノックする。念のため、心配して屋敷に待機してくれていた村人や商人たちも一緒だ。

「入るよ」

それだけ告げ、ゆっくりとドアを開けた。

すると、ベッドには上半身だけを起こして正面を見つめている少女の姿が。

「目が覚めた？」

「あっ……」

声をかけ、女の子の視線がこちらへと向けられた——次の瞬間、

「ひゃう⁉」

シーツを頭からかぶってしまう。怖がらせてしまったようだ。

「いきなりこの人数で押しかけて驚いたんじゃないかしら。あと、みんな顔が怖いし」

クレイナからの容赦ない指摘にだんまりの男性陣。

これぱっかりはしょうがないよなぁ……村人たちはともかく、商人たちはクレイナのボディガードも兼ねているため、むしろ強面の方がなにかと便利ではあるのだが。

「ここはあたしとアイハに任せてもらうわ」

「同性で年齢も近ければ、相手も話しやすいと思うの」

「……一理あるな」

このふたり相手なら、心を許してくれるかもしれない。

そう判断すると、村人や商人たちを部屋から出し、俺とアイハとクレイナの三人体制で獣人族の少女との会話を試みる。

「さっきは怖い思いをさせてしまって悪かったわね」

「もうここに怖い人たちはいないから安心して！」

「…………」

さっきの強面おじさんたちとは違い、自分とさほど年齢が変わらないと思われる女の子ふたりの声を耳にし、女の子の警戒心は少し解かれたようで、くるまったシーツの隙間からちょっとだけ顔を出してこちらの様子をうかがっていた。

まだまだ完全に心を許しきったわけではなさそうだが、対話の望みは出てきたな。

「あなたが気を失って倒れていたのはガウベル地方という場所で、ここにいる、新しく領主となったリオベルト・ファルバーグによって保護されたのよ」

「新しい……領主……？」

クレイナからの説明を聞いていた女の子は、『新しい領主』ってワードに食いついた。

「あ、あなたが、こ、ここ、このガウベルの、りょ、りょりょ、領主なのですか⁉」

動揺しているせいか、何度も噛みながら尋ねてくる。

そんなに慌てなくてもといいのにと思いながら頷き、肯定する。

「まだ領主となって数日と日は浅いけど、確かに俺はこのガウベル地方の新しい領主だ」

「あ、あぁぁ……」

途端に、女の子はガタガタと震えだした。

まずい……なにか、触れてはいけなかった話題に触れてしまったようだ。心配して駆け寄ろうとした時——俺たちよりも先に彼女が行動を起こした。

寝ていたベッドから飛び起きると、なんとその場で土下座をしたのだ。

呆気に取られている俺たちを尻目に、女の子はありったけの力を振り絞るように叫んだ。

「お、お願いします！　わ、わわ、私たちの村を助けてください！」

女の子は目に涙を浮かべながらそう訴えた。

取り乱す彼女を落ち着かせ、より詳しい事情を聞こうと応接室へと通した。

彼女が安心できるよう、アイハとクレイナのふたりと、大人としての意見を聞くためにジェイレムさんにモリスさんにも同席をお願いする予定だ。

ちょうどその時、バノスから医者を連れてモリスさんたちが帰還。

かなり強引に連れだしたようで、医者も事情をよく把握しきれていなかったが、事情を説明して先に診察をしてもらい、今日はこのまま屋敷へ泊まってもらう流れとなった。

改めて、診察や治療ができる医者の重要性を感じさせられたな。

せっかく全属性の魔法が使えるのだから、俺もそっち方面の魔法を覚えて医療に貢献できそうなものだが……要鍛錬だな。

気を取り直して、獣人族の女の子の件だ。

「わ、私はスナネコの獣人族で、名前はラーシェといいます……」

まだどこか怯えた様子のラーシェだが、本人曰く、物心ついた時から今のように人見知りでオドオドした性格をしており、これが素らしい。気の弱いタイプらしく天真爛漫なアイハや、商人として幅広い人脈を持つクレイナとは正反対だ。

「では、ラーシェ。村を助けてほしいって話をもう少し詳しく話してくれ」

「わ、分かりました」

ラーシェは深呼吸を挟んでから、あの場で倒れるまでの経緯を説明してくれた。

まず衝撃を受けたのが、彼女の住むギニス村が、このガウベル地方の領地内に存在している事実だった。

「こ、この土地に私たち以外の人が住んでいたなんて……」

生まれた時からガウベル地方のエノ村で暮らしているアイハでさえ存在を知らなかったという。以前、ジェイレムさんも『この辺りで自分たち以外に領民らしい存在は確認していない』と言っていたから、きっとアイハだけじゃなく、他の村人たちも驚きそうだな。

……ただ、本題はここからだ。

「どうして君は村を離れてあの場所に？」

「助けを求めてさまよっている間に、力尽きてしまって……」

俯きながらそう告げるラーシェ。

これは相当深い事情がありそうだな。

「一体、君の故郷でなにが起きたんだ？」

「……モンスターです。信じられないくらい大きなモンスターが、村を襲ったんです。必死に抵抗しましたが、まったく歯が立ちませんでした」

「なっ⁉」

大型のモンスター……身体能力に長ける獣人族でさえ手に負えないほどの強敵なのか。

しかも、話を聞く限り討伐には失敗している。

つまり、大型のモンスターは今も健在なのか。

幸いにも、襲撃された際に死者は出なかったらしいが、大勢の怪我人が出た上に、まだモンスターが辺りをうろついているとかで安心できないという。

「私はなんとかみんなを助けたくて、力を貸してくれる人がいないか探さなければと思いました。お母さんは反対したけど、今のままではどうしようもなくて……でも、結局何日探しても手がかりさえ掴めなくて……」

「疲れ果てて倒れていた、と?」

「………」

俺の問いに、ラーシェは静かに頷いた。

スナネコの獣人族たちも、エノ村の存在は把握していなかったようなので、探しに行くとしてもまったく当てがないことになる。

まさにイチかバチかの賭け……母親が反対する気持ちも分からなくはないな。今回は偶然俺たちが通りかかったからよかったものの、下手をしたらあのまま衰弱して死んでいたかもしれないわけだし。

「ちなみに、村を襲ったのはどんなモンスターだった？」

「ち、地中を移動する大きなイモムシみたいで……」

「恐らくサンド・ワームね」

即座にクレイナがモンスターを特定する——が、俺も話を聞いた時にそうじゃないかと思っていた。

サンド・ワームは砂漠や荒れ地に生息するモンスターで、ラーシェの証言通り、主に地中で生活をしており、食事の時だけ地上へと姿を見せる。雑食で、動く物であるなら人だろうが動物だろうがお構いなしに丸呑みする。かつて読んだ書物によると、時にはドラゴンさえ襲う獰猛な性格をしているらしい。

国内で確認されているモンスターに関しては、討伐ランクが定められており、Eからスタートして最大Aまでの五段階で評価される。

今回出現したサンド・ワームは上から二番目のBランク——つまり、かなりの強敵に分類されているのだ。

そんなおっかないモンスターが領地内に存在していたとは……もし、肉食で獰猛なサンド・ワームがこの地を住処としているなら、領民たちはひと時も安心して暮らせない。

「これって……エノ村も危険よね？」

「あぁ……」

ラーシェの語った内容は、決して他人事ではない。

俺たちも同じガウベル地方に暮らす者。

いつ標的が俺たちに代わってもおかしくはない。

ただ、この手のモンスターは魔力を嫌う傾向にあるため、聖水や聖樹の近くには寄ってこない可能性も考えられる。だからといって楽観視はできないし、現在困っているギニス村の人々を救うためにも、手を打つべきだろう。

「とりあえず、騎士団に討伐依頼を出そう」

これが最善の策だ。

モンスター討伐のプロである彼らならば、適切に処理してくれるはず。

……問題は、手早く取りかかってくれるか、だな。なにせ、モンスター絡みのトラブルは年中起きていて、今もきっと数ヵ所に兵を派遣しているはずだ。

激務である討伐部隊を辺境の地であるガウベル地方へ派遣してくれるのは、相当先になるだろう。その間に新たな依頼があれば、そちらを優先するだろうし。

ましてや、領主である俺はファルバーグ家を勘当された身。名ばかりの貴族であり、騎士団へ与える影響は皆無に等しかった。

この手の事情についてはクレイナも詳しいようで、騎士団が即座に応じてくれないだろうと察しているようだ。

そこで、

「モンスター討伐における専門的な知識を持った騎士団は確かに頼れるけど……今すぐに問題を解決する必要があるなら、うちの私兵を動かすわ」

　クレイナはそう宣言する。

　ノードン商会の私兵か……彼らが味方についてくれたら心強いが、果たして彼女の父親である商会代表のフレッド・ノードンは首を縦に振ってくれるだろうか。

　この疑問はクレイナよりもモリスさんの方が詳しいかもしれない。そう思って、彼に視線を送ると――首を横へ振った。

「お嬢様、さすがに難しいかと」

「お父様の説得ならあたしがするわ」

「いえ、そうでなく……現在、私兵の多くは代表とともに別大陸へ出張中です。戻ってくるのは早くても一週間後くらいかと」

「えっ？　そ、そうなの？」

　どうやら、クレイナは事情を把握していなかったようだ。

　それにしても……一週間か。

　騎士団よりかは早いんだろうけど、本当に力を貸してくれるかは不透明だからなぁ。

　……そうなると、やはりここは俺たちが出張るしかないか。

「騎士団への要請も、商会の私兵投入も難しいなら……自分たちの力で解決しなければいけないな」

「ま、まさか！　サンド・ワームと戦うつもりなの⁉　相手は討伐ランクBの超大物なのよ⁉」

「そうだけど……このままにしておいたら、いずれギニス村は全滅してしまうかもしれない。今ここで話している間にも脅威は迫りつつあるかもしれないんだ。領主として、この地に住むラーシェの家族や仲間たちを放っておけない」

「領主様……ありがとうございます！」

目に涙をためたラーシェは、俺に何度も頭を下げて礼を述べる。

「まだ成功したわけじゃないんだから」

「で、でも嬉しいです……わ、私たちのために、立ち上がってくだしゃって……」

最後の方は涙声でよく聞き取れなかったが、感謝されているというのは十分伝わってきた。

泣きじゃくっているのは安堵感もあるのだろうが……きっと、心細かったんだと思う。

故郷のみんなを助けたくて、ひとり村を出て、あちこちさまよいながら歩き続けてきたのだから無理もない。凶悪なモンスターに遭遇しなかったのは幸いだったが、彼女にとっては壮絶な体験になっただろう。

そんな彼女の想いを無下にしないためにも、迅速に動く必要がある。

「今日はもう遅いから、夜明けを待って、早朝にも君の故郷のギニス村へ向けて出発しようと思う」

「本当ですか⁉」

「……どこまでやれるか分からないけど、せっかく見つけたガウベル地方という新しいビジネスパートナーを易々と手放したくないものね」

「みんなで協力してモンスターを倒そう！」

「おふたりとも～……」

ヤル気になっているクレイナとアイハへ泣きながら抱きつくラーシェ。

モチベーションは上がってきているが……現実問題として、今いるメンバーだけでBランクモンスターのサンド・ワームを討伐できるだろうか。

一度自室へと戻り、護身用として持ってきていた剣を手に取る。

幼い頃から欠かさなかった、剣術の鍛錬。

結局、実戦で披露する機会がないままになってしまったが……まさか、このような形で実現するとは思ってもみなかった。

「俺にやれるだろうか……」

戦闘では頼りになるモリスさんやジェイレムさんがいる。

彼らの足手まといにならないだろうか――そんな心配が脳裏をよぎった時、

「うわっ⁉」

突然、手にしていた剣が虹色に輝いた。

「こ、この色は……」

直後、窓の外から見える聖樹の枝の木の葉がざわざわと風もないのに揺れ始める。まるで、「私がついている」と俺を励ましてくれているようにも感じられた。

「……そうだな。俺には聖樹の加護がある」

その加護のおかげで、俺は全属性の魔法を扱える。相手はサンド・ワーム――つまり、昆虫型のモンスターなわけだから、この前ちょっとだけ披露した炎魔法が有効だ。

「ありがとう、聖樹。おかげで勇気をもらえたよ」

天井を見上げながら感謝の言葉を伝える。

そういえば、最初に聖樹の存在を確かめに来た時も、誰かに話しかけられるような感覚があったな……もしかしたら、聖樹には意識があって、なんらかの形で俺とコンタクトを取ろうとしているのかもしれない。

部屋を出ると、そこでは神妙な面持ちをしたモリスさんが待っていた。

「リオベルト様……」

なにを言いたのかは分かる。

モリスさんは冷静に戦力を分析した結果、勝ち目は薄いと踏んだのだろう。

――けど、

「大丈夫ですよ、モリスさん。きっと、全部うまくいく」

「ほ、本当にそうでしょうか」

「聖樹も力を貸してくれるしね」

そう告げて、部屋から持ち出した虹色に輝く剣をかざした。

「お、おぉ……なんと力強い魔力！」

「どうしたのよ、リオ！」

「よく分からないけど凄そう！」

モリスさんを押しのけて、クレイナとアイハがジッと虹色の剣を見つめる。少し離れたところから、ラーシェも興味深げに眺めていた。

「聖樹が力を貸してくれると言っている。この虹色の魔力があれば、きっとサンド・ワームも打ち倒せるはずだ」

「念のため、こちらでも用意できるトラップや武器、さらには協力してくれる人員を可能な限りバノスから集めてきます」

「えっ？　今からですか？」

すでに時間は遅いし、なにより一度医者を呼びに行ったばかり。

それでも、ノードン商会の若い衆はまったく気にする素振りを見せず、「すぐに行ってきますよ！」と勢いよく屋敷を出て、バノスへと向かった。

「あのバイタリティが、うちの売りのひとつなのよ」

誇らしげにそう語るクレイナ。

なるほどね……ノードン商会がのし上がれた理由を垣間見たよ。

ともかく、これで武器と人は可能な限り最大の状態で挑める。

「ほ、本当に……なんてお礼を言っていいのやら……」

ラーシェは今にも倒れそうなくらい震えながら泣いていた。

「君はなにも心配しなくていい。このガウベル地方に暮らす領民は、俺が守る」

「あなただけじゃなく、領民もまた領民を守るのよ？」

「そうだよ！　困った時はお互い様って言うし！」

「ははは、その通りだな」

不安が完全に消え去ったわけじゃない。

だけど、立ち向かわなければいけないと自分自身を奮い立たせるように笑った。

たとえ相手がBランクモンスターであっても、みんなの明るい未来のためにもここで負けるわけにはいかないんだ。

聖樹のおかげで、せっかくいい兆しが見えてきたんだし……必ずモンスターは討伐してみせるぞ！

第六章　荒野の決戦

夜が明け、運命の一日が始まった。

早朝にもかかわらず、聖樹屋敷の前は多くの人で賑わっている。

「こ、こんなに集まったのか……」

ノードン商会の若い衆がバノスへたどり着いたのは深夜だったから、人が集まるとは思っていなかった——が、なんと三十人近くもいたのだ。

ほとんどがバノスを拠点に活動する熟練の冒険者であり、バノス商会の常連客らしい。

「日中であれば、もう少し数を確保できたのでしょうが……」

短時間のうちにこれだけの経験豊富な人材を集められた事実に驚いていたのだが、モリスさんの想定よりも数は少なかったようだ。改めて、ノードン商会の影響力の強さを見せつけられた気がする。

そんな冒険者たちは、初めて見る聖樹に圧倒されているようだ。

「し、信じられない……」

「最初は冗談だと思っていたが……まさか本当に聖樹が存在しているとは」

「草木や泉もできて、まるで別の場所のように感じるな」

まあ、彼らが戸惑う理由も分かる。

そもそも俺だってまだ「夢じゃないか？」と思っている節があるし。

とにかく、エノ村と商会からの協力者を合わせれば、総勢で五十人以上という立派な討伐部隊が編成可能となり、一気にモンスター討伐が現実味を帯びてきた。

とはいえ、まずは負傷者で溢れかえっているギニス村へと向かう。すぐに用意できる馬車の荷台に聖水で満たされた樽を詰め込み、これを配ることで村人たちを助けようって計画だ。あとはできる限りモンスターに関する情報も集めておきたい。

今回の旅には案内役のラーシェの他、補佐役としてクレイナとアイハのふたりにも同行してもらう。

これに関しては、当初モリスさんやジェイレムさんから猛反対を食らったのだが、ふたりがどうしてもラーシェの故郷を救いたいと押し切って許可させたのだ。

俺としても、安全性を考慮したら残ってもらいたかったというのが本音だが……思っていた以上に三人の仲は深いものとなっていたようだな。

「領主様！　出発の準備が整いました！」

「分かりました。――では、そろそろ行きましょうか」

「「「「うおおおおおお！！！！」」」」

俺が呼びかけると、集まった討伐部隊のメンバーから咆哮のような雄叫びがあがる。

「気合十分ね」

「私たちも負けていられないね！」

「うぅ……こんなにたくさんの人が協力してくれるなんて……」

ここへ来てから何度目になるのか分からない、ラーシェの号泣。そのたびにクレイナとアイハにフォローされていた。たった一日なのに、なんだかもう見慣れた光景となりつつあるな。

……不思議だな。

昨日、ラーシェからサンド・ワームの件を耳にした時、絶望感しかなかった。直接モンスターを見たわけじゃないけど、Bランクの名前が重くのしかかり、なんだか体の動きまで鈍くなっている気がした。

それが、今ではどうだ。

まるで昨日までの心境が嘘のように軽く感じる。

「よぉし……やってやるぞ！」

気合を入れ直してから馬へと跨る。

こうして、俺たちはモンスター討伐のためにエノ村を後にするのだった。


ラーシェの案内により始まった遠征。

移動中、ノードン商会を経由して招集した冒険者たちは、以前とは比べ物にならないほど草木の生い茂るガウベル地方の変化に驚きを隠せない様子だった。

同行している冒険者曰く、ガウベル地方はダンジョンが存在しないため、足を運ぶ機会も少なく、そもそも名前を知っている者さえ少ないらしい。同業者の間では正式な名称ではなく、「名無しの荒れ地」って不名誉な呼ばれ方をしていたとも発覚した。

ただ、聖樹が現れる前はそう揶揄されても仕方がないなって場所なのは事実。

今ではまだほんの一部分とはいえ、環境は見違えるほど改善している。彼らのガウベル地方に関する評価も変わってくるだろう。

……しかし、冒険者といえばやはりダンジョンだ。

ガウベル地方にダンジョンはないというのが通説ではあるけど、俺は一度この目で領地のすべてを確認しない限りは存在を否定できないと考えるようになっていた。

これに関しては、やっぱりラーシェの存在が大きいな。

彼女がいなければ、俺もエノ村の人々も、ガウベル地方に獣人族の集落があるなんて知らなかっただろうし。

「あっ！　見えてきました！」

ラーシェが指さした先には、確かに数軒の家屋と思われる建物が見える。

エノ村を出発してから、大体三時間ちょっと……結構距離があるな。

「よし。じゃあ、まずは十人くらいで村へ行こう」

「得策ね。いきなり大人数で押しかけたら、いくらラーシェがいるといっても、警戒するでしょうし」

クレイナの指摘した内容は、まさに俺が懸念するものであった。ラーシェからの情報によれば、スナネコの獣人族たちはこれまで他種族との交流をしてこなかったという。彼らにとって俺たちは未知の存在なのだ。

おまけに、サンド・ワームとの激闘で多くの村人が傷ついている状況もあって、ここは慎重に接触しなければと判断したため少数による来訪を選択したのだ。

俺とラーシェ、さらにクレイナとアイハ、モリスさんと冒険者が数人。ジェイレムさんたちには少し離れた位置で待機してもらう。

先頭はラーシェと俺が務め、村へと進んでいく――と、

「あっ！　ステラさん！」

一番近くにあった家から若い女性が出てくるなり、ラーシェは駆けだす。どうやら顔見知りらしい。

「えっ⁉　ラ、ラーシェ⁉」

ステラさんと呼ばれた女性も、いきなり行方不明になっていたラーシェが現れ、思わず手にしていた籠を落としてしまうほどビックリしていたが、本物だと理解すると駆け寄ってきた彼

女を抱きしめて再会を喜び合っていた。

しばらくすると、ステラさんが俺たちの存在に気づく。

「ラ、ラーシェ……あの方たちは？」

「私を助けてくれた人たちです。とってもいい人たちですよ」

「そ、そうなの？」

やはり、俺たちは警戒されているようだ。しかし、ラーシェがそう説明してくれたおかげで少なくともステラさんからは悪いイメージを抱かれずに済んだな。

「初めまして。このガウベル地方の新しい領主となりました、リオベルト・ファルバーグといいます」

「りょ、領主？　この土地に領主がいたのですか？」

「あぁ……長らく不在だったのですが、俺はこの地に根づいていこうと考えています」

「そ、そうだったのですね。ラーシェを助けてくださり、ありがとうございました」

ステラさんは笑みを浮かべ、ペコリと頭を下げた。

俺が領主というのも大きく影響しているようだが……友好関係を築く上で、まずは好スタートを切れたな。

他の村人とも、これくらいスムーズに馴染めるといいんだけど。

っと、それより、早いところ本題に移らないと。

「実は先日、こちらでサンド・ワームって強力なモンスターが出現したと聞いたのですが」

「そ、そうなんです。あのモンスターのせいでみんなが……」

サンド・ワームの話題を出した途端、ステラさんの顔色が曇った。

「怪我をされた村人が多いとか？」

「はい……なかなか治療も追いつかず……もしまたモンスターが襲ってきたら……」

「安心してください。あたしたちがなんとかします」

クレイナが一歩前に出て、そう告げた。

「な、なんとかって……」

「まずは村人の治療が先決です。村を案内してくれますか？」

「わ、分かりました」

容体が心配される負傷した村人たちを救うため、俺たちはステラさんの案内で村の中心部へと向かう。道中、多くの村人とすれ違ったが、ラーシェがいてくれたおかげですんなりと受け入れてもらえた。

一連の出来事から、この村の人たちにとって、ラーシェの存在はかなり大きいようだ。

そんな村人たちへ自己紹介をしながら、ラーシェに案内されてたどり着いた場所はひと際大きな石造りの建物。中へ入ってみると、

「うっ……」

たまらず目を背けてしまいそうな光景に足が止まる。

広い室内は、たくさんの負傷した男たちで溢れかえっていた。なんとか起き上がっている者から、横になり、意識が薄れている者までいる。

「これは……ひどい……」

ギニス村の現状は想像を絶するものであった。

茫然と立ち尽くしていると、

「ス、ステラか……?」

弱々しい声でステラさんの名前を呼んだのは、ひとりの男性。全身を包帯で巻かれており、かなりの重症だと分かる。聞くと、彼はステラさんの恋人らしい。

「グラト！　寝てなくちゃダメじゃない！」

「あ、あぁ……」

穏やかな印象を受けるステラさんがたまらず大声をあげる。それが、恋人であるグラトさんの怪我の具合を物語っていた。

「領主様……みんなを助けてください」

涙ながらに訴えるラーシェ。

俺としても、このような状況を見せられて黙ったままではいられない。

この気持ちは他のみんなも同じようだ。

「リオ！　あたしは待機組のところへ行って、聖水の入った樽をすべてここへ持ってくるよう手配するわ！」

「わ、私も行く！」

まず行動を起こしたのはクレイナとアイハだった。さらにモリスさんも同行し、残ったのは俺と数人の冒険者のみ。

念のため聖水を入れた水筒を持ってきておいてよかった。急いでそれをグラトさんに飲ませる。最初は未知の飲み物に対して抵抗があったようだが、俺から詳しい説明と、ラーシェの「私もこれを飲んで助かった」というひと言が決定打となり、グラトさんはゆっくりと口に含む。

すると、すぐさま効果が現れ始めた。

「な、なんだ、この感覚は……信じられない！　さっきまで全身に走っていた痛みが嘘のように引いていく！」

見るからに顔色がよくなっていったので、周りの怪我人や看病している村人たちも効果が理解できたようだ。

「みなさん！　この水はまだたくさんあります！　だから少し待っていてください！」

ざわついてきたので、混乱が起きないように俺が大声でそう注意喚起していると、

「なんの騒ぎだ？」

部屋の奥にある扉からひとりの女性が出てきた。

ひと目見ただけで只者じゃないと分かる風格……何者なんだ？

――と、疑問に思っていたら、

「お母さん！」

「っ!?　ラーシェ!?」

なんと、その女性はラーシェの母親であり、ステラさんからの情報によればこのギニス村の村長らしい。

「バカ者！　心配をかけおって！」

「ご、ごめんなさい……」

うーん……引っ込み思案というか、おとなしめのラーシェとは対照的に、母親の方はかなり武闘派って印象を受ける。

でも、これで納得がいった。

ラーシェは村長の娘だった――どうりで、みんなラーシェがいるだけで俺たちを受け入れてくれたわけだ。周りの反応から察するに、村長さんはみんなからめちゃくちゃ慕われているみたいだし。

「この騒ぎはあんたが起こしたのかい？」

「ち、違うよ。実は――」

「俺が説明します」

ここからは領主である俺が自ら説明をした方がいいだろうと判断し、ふたりの間に割って入った。

「君は？」

鋭い眼光に射抜かれて一瞬ヒヤッとしたが、怯むまいと気持ちを落ち着かせて自己紹介をする。

「初めまして。先日、新しくこのガウベル地方の領主となりました、リオベルト・ファルバーグです」

「私はメノン。このギニス村の村長だ。――が、ちょっと待て。領主だと？」

やっぱり、最初はそこに引っかかるか。

「この地に領主がいるとは初耳だな。……まあ、どこぞの貴族の領地というのは承知していたが、我々がここで暮らし始めてから百年近く経っても誰も訪ねてはこなかったので、この場所自体が見捨てられているように感じていたが」

百年前って……先々代くらいの時代からこの荒野に住んでいたのか。

「確かに、長らくこの場所は放置されていました。ですが、今やその環境は変わりつつあります」

「そ、そうだよ、お母さん。聖樹の力で荒れ果てたこの大地に草花が生えて、新しい川もできたんだよ」

「なんだと？　あの伝説の聖樹が？」

にわかには信じられないといった様子のメノン村長。

それもそうか。

実際に見ていなければ、とても「そうなんですか」と鵜呑みにできる話ではないからな。

――しかし、聖樹の存在を知っているようなので、説明すれば理解してもらえそうだ。

早速、手短にラーシェとの出会いからこの村に来るまでの経緯を説明する。

「……ふむ」

メノン村長は冷静だった。

すぐに聖水の効果へ飛びつきはしなかったものの、グラトさんの回復ぶりと満身創痍の男たちで溢れる現状から、最終的には聖水の力を借りたいと俺に訴えた。

「すまないが……頼めるか？」

「もちろんですよ」

ちょうどメノン村長との話がついた頃、聖水で満たされた樽を積んだ馬車がクレイナたちを乗せて到着。村人たちにも協力してもらい、負傷者へ配っていく。

効果は一目瞭然だった。

「ほ、本当だ！　怪我が癒えていく！」

「信じられない！」

「これは奇跡だ！」

いつになったら治るのかも分からない痛みから解放されて、負傷していた村人からは喜びの声が続々とあがった。

「祖父から聖水は奇跡を起こすと教えられてきたが……まさか、言い伝え通りの奇跡をこの目で拝めるとは……」

回復していく村人たちを眺めながら、メノン村長が呟く。

「君たちには感謝してもしきれないな」

「そんな、困った時はお互い様ですよ」

「……なにか、裏があるんじゃないのかい？」

怪我を治す聖水を村人全員に無償で渡した――が、このまますんなり終われるとメノン村長は見ていないようだ。

――でも、

「なにもありませんよ。領主として、放っておけなかっただけです」

「っ！　ほ、本当にそれだけだっていうのかい？」

「もちろん」

俺が即答すると、メノン村長は一度ため息をついてから口を開く。

「驚いたねぇ。貴族って連中には初めて会ったけど、風の噂でかなりの強欲と耳にしていた。だから、ロクな連中じゃないと警戒していたのだが……どうも、全員が全員漏れなくクズってわけじゃないらしいね」

言い終えると、メノン村長は「アッハッハッ！」と豪快に笑い飛ばす。

貴族に関する認識についてはなにも言い返せないな。仮に、当初の予定通りにマオがここへ来たら、きっとなにもせずにいたろうし。そもそも、サンド・ワームの存在を知ったらすぐに領地運営を放り投げて逃げだしそうだ。

「気に入ったよ、領主殿！　あんたには仲間を助けてもらった恩もあるし、なにか困ったらいつでも相談しに来てくれ！　うちらで解決できることは少ないかもしれないが、できる限り力になるよ！」

「でしたら……すぐにでも力を貸していただきたい――この村を襲ったモンスターを討伐するために」

「っ⁉」

俺がサンド・ワーム討伐の件を口にすると、途端に静まり返った。

「領主殿……本気であのモンスターを倒す気かい？」

「そうしなければ、みんなが安心して日々の暮らしを送れなくなります」

これはなにもギニス村に限った話じゃない。エノ村にだって、モンスターの魔の手は迫ってくるのだ。

それに、交易路として利用するなら、ここを渡る他国の商人たちにも危害が及ぶ。そうなると、もはやガウベルだけでなく、ダヴァロス王国全体の問題にまで発展するのだ。

「……強く輝くいい目をしている。本気らしいね」

こちらの真剣な想いは、メノン村長に届いたようだ。

「場所を変えようか、領主殿。うちで詳しく話し合おう」

「はい」

俺はクレイナやアイハなど数人を引き連れてメノン村長の家にお邪魔することにした。

残りのメンバーにこのまま負傷者への聖水提供を続けるよう指示を出し、その場を後にする。

メノン村長宅は、先ほどの建物からほど近い場所にあった。

特に応接室のような場所もなく、各々が部屋の空いている場所に座って話を始める。

「モンスターがこの村を襲撃してきたのはいつ頃ですか？」

「一週間ほど前だったか……深夜に突然襲ってきたんだ」

「深夜に……」

そういえば、サンド・ワームは夜行性だったな。

となると、日中よりも夜間の警備を厳重にするべきだろう。

「我々も武器を手に取って応戦したのだが……ヤツの硬い皮膚のせいでまったくダメージを与えられなかった。あとはもう、やられるがままだった」

当時の状況を振り返るメノン村長の顔には悔しさがにじみ出ていた。村の長としてなにもできなかった無力感がそうさせているのだろう。俺が逆の立場だったら、きっと同じような顔つきになっているだろうし。

あと、分かったことは……敵の防御力が尋常ではない点だ。

「武器による攻撃はほとんど無効化されるのか……」

「一概にそうとも言えない」

「えっ？」

「我々の武器の質に問題があるのだ」

部屋の中には、メノン村長たちが使っていると思われる武器があるのだが……細い木の棒の先端に磨いて鋭くした石をくくりつけるという簡単なつくりだった。俺たちの使う剣や斧に比べると、攻撃力はかなり劣るだろう。

望みはある――か。

しかし、まだ安心はできない。だからといって、俺たちの持っている武器が通じるとは限らないからだ。

「領主殿たちが持っている武器ならば、ヤツの皮膚を貫いてダメージを与えられるかもしれないぞ」

「或いは……魔法攻撃ができれば」

「魔法？　領主殿は魔法が使えるのか？」

「一応、ですけど」

「一応どころじゃないでしょ」

ツッコミを入れたのはクレイナだった。

「聖樹の加護を受け、全属性の魔法を扱えるようになったリオなら……きっとサンド・ワームを倒せるわ！」

「そうだよ！」

ついにはアイハまで加わって熱くなる。そう言ってくれるのは大変嬉しいのだが、魔法に関してはまだまだ発展途上の段階。まさかこんなに早いうちに、しかも非常に重要な場面で必要となるとは……もっと訓練をしておけばよかった。

まあ、今さら後悔しても遅いので、やれるだけのことをしっかりやろうと思う。

「……そこまでうまくやれるかどうかは自信がないけど、みんなのサポートができるくらいにはなろうと思うよ」

「では、攻撃担当は我らに任せてもらいましょう」

「俺たちも力を貸すぞ！」

モリスさんとジェイレムさんが率いる討伐メンバーの主力組が一斉にかかれば、たとえBランクモンスターのサンド・ワームであっても致命的なダメージを与えられるだろう。

さらに、それだけではない。

「そんな話を聞かされてしまったら、うちらも協力をしなくちゃいけないね」

「メ、メノン村長？　もしかして――」

「ギニス村の戦士はやられっぱなしで終われるほど軟《やわ》ではないのさ」

ニッと笑みを浮かべるメノン村長。

「君たちに協力しよう。ともに力を合わせてあのモンスターを倒そうじゃないか」

「ありがとうございます、メノン村長！」

ギニス村の人たちと一緒に戦えれば、勝率は一気に増す。

メノン村長は俺たちと一緒に聖水の力で回復した戦士たちのもとへと向かい、エノ村から来た討伐部隊と協力体制をとるよう呼びかけた。

村長の呼びかけに対し、彼らは「うおおおおっ！」と雄叫びで返事をする。

……どうやら、完全復活したらしい。

ギニス村の戦士たちに触発されて、俺たちも闘争心が湧いてきた。いつ襲ってきても即座に対応できるよう、準備を進めておかないとな。

外の様子だが、今のところ異常は見られない。

それでも、敵襲に備えて細心の注意を払いながら周囲を警戒する。

「周辺の見張り役は増やしておいた方がいいでしょうね」

「うちの村の連中にもそう伝えるよ」

「お願いします」

モリスさんとジェイレムさんは、今後の方針を伝えるためにひと足早く建物を出ていった。

「あたしたちはどうする？」

クレイナから尋ねられて――どうすべきか悩んでいた。

モンスターを討伐するために遠征すべきなのか、ここで再びヤツが現れるのを待つのか……

困ったな。俺たちが離れている間に村を襲われても困るし、かといってこのまま策もなく待ち続けるのも得策とは言えない気がする。

あまりのんびりと構えてはいられないが、問題を打ち破るアイディアもない。

「まあ、今日のところはボチボチ暗くなる頃だから、明日改めて考えたらどうかな？」

「……そうね」

状況を分析したクレイナは賛同してくれた。

長旅で疲れている者もいるだろうし、ここは無理をするべきではないだろうな。

改めて、明日は村の周辺調査から取りかかるとするか。

建物の外へ出ると、辺りはすっかり暗くなっていた。

「サンド・ワームって、夜行性なのよね？」

少し声を震わせながら、クレイナが言う。

ギニス村が襲われたというのも夜だし、それで間違いではないと思うが……最初と違って今は夜でも十分に警戒しているため、事前に敵の動きは察知できるだろうから以前よりだいぶ被害は抑え込めると予想していた。

しかし、相手は上位ランクモンスター。

こちらが予想もしない行動を取ってくる可能性はある。

おまけに、ヤツは基本的に地中を移動するため、確実に目視できないのも不安材料だった。

「今日の夜がひとつの山場だな……」

事件発生が一週間前。

そろそろ次の襲撃が来てもおかしくはない頃合いだ。

「リオベルト様、テントの準備が整いました。お嬢様とアイハさんのテントはあちらに」

辺りを警戒していると、モリスさんが俺たちを呼びに来た。

……しかし、やっぱりこの場へとどまろうと考えを改める。

「モリスさん……俺、もう少し外にいます」

「見張りの者たちはすでに配置へついていますよ？」

「それでも……もうちょっと外にいたいんです」

「まっ、そういうわけだから」

「私たちふたりも、ね?」

「クレイナ……アイハ……」

どうやら、ふたりも付き合ってくれるらしい。正直、ちょっと心細いとは思っていたのでありがたい申し出だった。

——いや、ふたりだけじゃない。

「わ、私もお供します」

背後からそう声をかけてきたのはラーシェだった。

「これからが一番危険な時間帯ですから、目を光らせておく人員は多い方がいいはずです」

「そうだな。よろしく頼むよ、ラーシェ」

「お任せください」

相変わらず、声はちっちゃいが……この村を守りたいって熱意は伝わってくる。

メノン村長の呼びかけにより、聖水によって回復した村の戦士たちが合流。さらに兵力は増して、トータル百人近くとなった。

こうなってくると、騎士団の討伐部隊とも遜色ない規模だ。

「これだけの人数と武器が揃えば……サンド・ワームの討伐だってできる」

「はい。みんなで協力をすれば、きっと倒せるはずです」

力強く、ラーシェは語る。

今ここに、エノ村、ノードン商会、スナネコの獣人族の三勢力が力を結集し、強敵に挑む準備が完全に整った。


警備開始から五時間。

俺たちは村からほど近い北側の位置に陣取り、焚火を囲んで座りながら周囲に変化がないか警戒していた。

他にも、四十人近くが交代しながら同じように辺りを見回す。

「ここまで特に異常はないか……」

長時間にわたり気を張り詰めて警戒するという慣れない行動を取った代償と言うべきか、すでに女子三人は疲労困憊の様子だった。

「うぅ……こんなに夜更かししたのなんて初めてだから眠いぃ……」

「あたしは割と徹夜をしている方だけど……キツイわね」

「ふあぁ～――はっ！」

ラーシェに至っては大きなあくびをして今にも寝落ちしそうだった。

さすがに、このメンツでこれ以上見張りを続行するのは難しいか。かく言う俺も、そろそろ眠気が限界に近づいている。夜明けも近いみたいだし、そろそろ引き上げるとするか。

「今日はこの辺りにして、交代しようか」

「それがいいわね」

「なら、私がパパに話をしてくるね」

ジェイレムさんに交代を要請しようとアイハが立ち上がった——まさにその時だった。

「っ⁉」

なにかの気配を察知して振り返る。

だが、周辺に目立った変化は見られない。

「急にどうしたのよ」

俺の異変を察知したクレイナは不思議そうに尋ねてくる。どうやら、彼女やアイハ、ラーシェは気づいていないらしい。

だが、確実に「それ」は俺たちに近づいていた。

「あれ？　地面が揺れているような……」

最初に気づいたのは移動中のアイハだった。足踏みをして、地中になにかないか確認しているようだけど——地中？

「っ⁉　アイハ！　そこから離れるんだ！」

「えっ？　——きゃあっ⁉」

突然アイハの足元が盛り上がったかと思うと、そこを突き破って地中から巨大なモンスターが姿を現した。

宙に放りだされたアイハをなんとか抱きとめて地面との衝突を回避する。

「大丈夫か、アイハ」

「う、うん……ありがとう、リオ」

「どういたしまして」

珍しくしおらしくなっているな……って、しまった。不可抗力とはいえ、今は俺がアイハをお姫様抱っこしている。さすがにこれはアイハでも恥ずかしいか。

「ちょっと！　そんな羨まし——じゃなくて、突っ立っていたらサンド・ワームの餌食になるわよ！」

「はっ！」

クレイナの叫び声で我に返った。

そうだった。

今は一瞬たりとも油断してはいけなかったのだ。

「キシャアアアアアアアアッ‼」

己の存在を誇示するかのごとく、月に向かって吠えるサンド・ワーム。

大きな円形の口にびっしりと生えた鋭い牙が並んでいた……あれに呑み込まれたら一瞬にし

てすり身となってしまうな。

「サ、サンド・ワームだ！　サンド・ワームが出たぞぉ！」

増援を求め、ありったけの力を振り絞って叫んだ。その声はしっかりと届き、武装した戦士たちが続々と集まってくる。

血気盛んな者が多いため、サンド・ワームも以前襲撃した時とは雰囲気が違うとなんとなく察しているようで、雄叫びをあげてからは特にこれといった動きを見せていない。

「これは……思っていたよりもずっと面倒な相手かも」

外見からのイメージ的には、本能的に突っ込んでくるタイプだと想定していたが、それなりに知性があるらしい。

「ヤツの動きを封じ込めるぞ！」

モリスさんの指示により、討伐部隊は事前に用意しておいた麻痺効果のある毒を仕込んだ矢を一斉に放つ。だが、危険を察知したサンド・ワームはすぐさま地中へと非難し、毒矢はすべて回避されてしまった。

「くそっ！　各自、地中からの攻撃に注意しろ！」

今度はジェイレムさんが叫ぶ。

そう……これもまた厄介なんだ。

地中でのヤツの動きはまったく把握できない。多少揺れていて、移動していると分かるが、具体的な現在地は不明のまま。つまり、こちらは後手に回ってしまうのだ。

サンド・ワームが地中へ潜ってからおよそ一分後。

再び地上へと姿を見せた——が、そこはギニス村に近い場所だった。

「あいつ！　村を狙っているのか！」

前にここを襲った時は死者ゼロだったが……それは抵抗する力を奪い、弱ったところを一気に捕食する目論見があったからか？

新しく増えた兵力には目もくれず、まずは空腹を満たすために村を襲う。

ヤツからすれば、小さい俺たちがどれだけ集まろうが物の数ではないという見方をしているのだろう。

すぐにでも村のみんなに知らせなくてはと思い、駆けだした。

時を同じくして、

「いくぞ！　我らスナネコの獣人族の底力をヤツに叩き込んでやれ！」

「「「「うおおおおおおおおっ‼」」」」

メノン村長を先頭に、ギニス村の戦士たちが勇ましくサンド・ワームへと立ち向かっていった。復活したばかりなのにあの気迫……なるほど。メノン村長が軟じゃないと言うだけあって、あれほどの怪我を負わされた相手にも怯まず戦う意志を示している。

……だが、同じような戦い方では前回の二の舞だ。

今回は確実にヤツを倒さなくてはいけない。

そのためには——やはり、高火力の魔法で一気に勝負をつけるべきだろう。

「よし……」

深呼吸を挟んでから、全身を覆うように魔力を練っていく。一流の魔法使いなら、ここまでの所作をもっとスムーズにこなせるのだろうが、今の俺ではこのスピードが限界だ。

「離れてください！」

安全を確保するために、スナネコの獣人族たちへ向かって叫ぶ——が、この行為が、サンド・ワームの危機感を煽ってしまう。

俺がなにかしてくると察知したサンド・ワームは、素早く地中へと潜っていく。

「っ！　し、しまった！」

再び姿を隠したサンド・ワーム。

地面が揺れているところを見る限り、ヤツもあきらめてはいないようだ。

「村へ急げ！　まだ避難しきれていないはずだ！」

モリスさんからの指示で、冒険者たちは一斉に村へと戻る。

「我らも続け！　ヤツが村に現れたら一斉攻撃で仕留めるのだ！」

メノン村長も戦士たちを率いて村を目指した。

集まった戦力は一斉に同じ方向へと動きだす。俺たちも同じように、村人が避難する時間を稼ぐために村へと進路を取った——が、たったひとりだけ、まったく別行動を取る者がいたのだ。

「ラーシェ⁉」

サンド・ワームの気配を探るために振り返ると、俺たちとは正反対の方向に走り続けるラーシェの背中が視界に飛び込んできた。

「ちょ、ちょっと！　ラーシェは一体なにをしているのよ！」

「あっちにはなにもないよ！」

「なにもない……まさか⁉」

嫌な予感が脳裏をよぎる。

だが、もはやそれしか考えられなかった。

ラーシェは——

「自分が囮《おとり》になるつもりなんだ」

「お、囮？　どういうことなの？」

「とにかくすぐに止めないと！」

今回、サンド・ワームはスナネコの獣人族たちを食らうために出現した可能性が高い。

だが、今回は彼らの他にもエノ村の男たちや、ノードン商会が集めた冒険者たちも含まれており、むしろ前より捕食しづらい状況となっている。

それでも、ヤツは空腹を満たすために村を襲おうとした——そんな状況下で、ひとりはぐれた者がいたと分かれば、そっちを追うのが普通。集まって反撃を食らうと厄介だが、単独ならば容易に捕らえられると判断するはず。

ラーシェはそうなるように仕向けた。

つまり、自分を襲わせようとしたのだ。

なぜ彼女がそのようなマネに出たかといえば……答えは簡単だ。ひとりでも多くの仲間を助けるために、自らを犠牲にしようというのだ。

あの気の弱いラーシェが下した勇気ある決断——けど、下手をすれば、多くの人が悲しみに暮れる結果が待っている。

「待つんだ、ラーシェ！」

気がつくと、彼女の後を追うように走りだしていた。

「リ、リオ！　危ないよ！」

「すぐに戻りなさい！」

アイハとクレイナは俺を心配してくれているが、ただ黙って見ているなんてできなかった。

必死になって追いかけていると、前方を走るラーシェのすぐ近くの地面が不自然に盛り上がる。

「危ない！　ヤツが来るぞ！」

サンド・ワームの気配を察知し、大声で知らせる。

その時、ラーシェがこちらを振り返った。

すぐ近くに巨大モンスターが迫っている状況なのに、なぜ笑っていられるのかと疑問に感じたが……すぐにある仮説が脳内に浮上する。

これもまた、彼女が狙っていたことではないのか。

自分が囮になれば、ギニス村の人たちが避難する時間を稼げる。それにプラスして、敵の出現する位置が予測できずに魔法を使用しづらい俺のため、あえて的になって敵をおびき寄せる二重の策。

……けど、これは思い切った賭けに出たな。

状況からして、説明をしている暇はなかったから、俺がラーシェ自身の行動の意図を読み取って後を追ってくれる前提が成立していなければ成功しないのだ。

「ふっ……なかなかの無茶ぶりをしてくるじゃないか」

控えめで大人しい性格のラーシェだが、こういうところはしたたかというか勇気があるというか……母親であるメノン村長譲りなのかな。

いずれにせよ、すべては彼女の計算通りにいった。

サンド・ワームはラーシェを「逃げ遅れてさまよっている」と判断し、まんまと誘いに乗って地上へと姿を現す。

「きゃっ⁉」

思っていたよりもラーシェとサンド・ワームの距離が近く、地中から姿を現す際に巻き上がった大量の土や石が雨のようにラーシェへと降り注いだ。

「ラーシェ⁉」

「私にかまわず、モンスターを！」

土の雨に呑まれる直前、ラーシェは俺にモンスターを倒すよう力の限り叫ぶ。

おとなしい彼女が振り絞った勇気……みすみす無駄にするわけにはいかない。

サンド・ワームへと向き直ると、ありったけの魔力を炎へと変換する。聖樹の力によって魔力量も増大しているため、並の魔法使いが扱うものより遥かに高威力を実現できた。

全身をまとう、魔力で生みだされた炎。

それを右手に集中させて——準備は整った。

「くらえぇ！」

地上へと姿を見せた直後で、まだこちらの存在にさえ気づいていないサンド・ワームに向かって、渾身の炎魔法を放つ。

激流のごとき勢いで標的へと突き進む巨大な炎は見事に直撃し、ラーシェが決死の思いで生みだしてくれたチャンスを生かすことができた。

「キシャアアアアアアアアッ！」

強大な炎魔法の直撃を食らったサンド・ワームは、体をクネクネとよじらせながら大炎上。

その隙に、ラーシェを救うため辺りを捜索する。

「どこにいるんだ、ラーシェ！」

呼びかけるも、応答はなし。最後に彼女を目撃した場所を中心にして捜し続け、ついに仰向けになって倒れているところを発見する。

幸い、土に埋もれるような格好にはなっておらず、目に見えるほどの出血や外傷もなさそうだ。

「しっかりしろ、ラーシェ！」

すぐに抱き起こし、今度は至近距離から呼びかける。返事はなかったが、呼吸はしているようでひと安心。

「……気を失っているだけか」

聖樹屋敷で目を覚ました当初はビクビクしていた印象だったけど、村のみんなのためにここまでやれるのは素直に凄いと思う。ただ単に村長の娘だからってわけじゃなく、村のために勇気ある行動ができるから信頼されているのだろう。

「まあ……近くにいる人間としてはヒヤヒヤするからもうちょっと抑えてほしいところではあるけど」

苦笑いを浮かべながら、そう呟いた。

視線を移せば、激しく燃え上がるサンド・ワームの巨体近くで勝ち鬨《どき》をあげている討伐部隊の面々——さらに、ラーシェの安否を心配し、涙目になりながらこちらへと走ってくるアイハにクレイナ、そしてメノン村長が映った。

「終わったんだな……」

みんなの顔を見ていたら力が抜けて座り込んでしまう。

同時に、少しずつ周りが明るくなっているのに気づいた。

「朝、か……」

昇り始めた朝日が、夜の終わりを告げる。

戦っていた時間は短かったが……まるで一週間くらいぶっ通して動き回っていたかのように濃密だったな。

ここで緊張の糸が切れたのか、急激に眠気が襲ってきた。

アイハやクレイナにきちんと無事を伝えなくちゃって気持ちはあったものの、どうにも耐えられなくなって目を閉じてしまう。

とにかく……無事に討伐が終わってよかった。

◇◇◇

どれだけ眠っていたのだろう。

目を覚ますと、辺りはすっかり明るくなっていた。

「ここは——うん？」

ベッドの上だというのはなんとなく分かるのだが……なんだ、この感触。温かくて、柔らかい。そしていい匂いがする。あと、なにかに巻きつかれているような感覚が。

正体を知るべく顔を上げた——と、

「っ⁉」

思わず叫びそうになるのをこらえる。

視線をちょっと変えただけで、すぐ目の前にアイハの顔があった。

状況がよく理解できていないが、とにかくこのままではまずいと思って反対側へ顔を向けると、なんとそこにはクレイナの寝顔が。

「ど、どうなって——あれ？」

ここでふと疑問が浮かぶ。

位置的に、俺の腰へ手を回しているのはクレイナだ。しかし、感覚的には足元も誰かに掴まれている気がする。

「まさか……」

ある予感がして、シーツをめくってみると、

「や、やっぱり……」

俺の足をホールドしていたのはラーシェだった。

どういう意図があって同じベッドへ押し込んだのやら……大人勢の仕業か？

とにかく、状況確認のために起き上がると、見知らぬ部屋にあるベッドの上だった。最初は混乱もあってよく分からなかったのだが、冷静になってから辺りを見回すと、なんとなく室内の構造に見覚えがあった。

「ここって……メノン村長の家？」

サンド・ワームの討伐が完了した直後、緊張感が解け、蓄積していた疲労、さらには深夜による眠気も手伝って気絶するように意識を失った——そこまではかろうじて覚えているのだが……どうやら、あの後でこの部屋に運ばれたらしい。

「そうだ！　サンド・ワーム！」

最後に見たのは、地面に横たわって炎上する姿であったが、そこはBランクモンスター。あそこから復活して逃亡したって可能性もある。

三人を起こさないようにゆっくりとベッドから出て、部屋の外へ。

「おっ？　目が覚めたか」

メノン村長はすぐ見つかった。

ていうか、俺が起きるのを待っていたようだ。

「おはようございます。――って、もしかして三人を同じベッドに押し込んだのは――」

「私がけしかけたのはラーシェだけだったんだが……他のふたりもぜひと申し出たのでな」

ラーシェ以外のふたりはまさかの立候補だった。

ジェイレムさんやモリスさんもよく許可したなぁ……。

そういえば、あのふたりは今どこにいるのだろう。俺が気を失った後の経過についても話が聞きたい。

――ただ、メノン村長の穏やかな表情を見る限り、サンド・ワームの討伐が成功したのは間違いないようだ。

「あの後、サンド・ワームはどうなりました？」

「周りにはなにもなかったし、念を押すって意味でも自然に鎮火するまで放っておいたよ。今はもう灰となって消滅しているが」

その話を聞いて、ようやく心からホッとできた。

これでギニス村――いや、ガウベル地方全体に平和が訪れたと言える。領地運営も順調に進められそうだ。

「よかったです……安心しました」

「それにしても、君の魔法には驚かされたよ」

「そんな……まだまだ精進の身ですよ」

俺がもっとうまく魔法を使えていたら、ラーシェを危険な目に遭わせなくてよかったわけだからな。領地運営と並行して、こちらも磨きをかけていかなければならない。できれば、師匠になってくれる人がいてくれるといいのだが。

「君のおかげで、村はまた元通りになった。何度お礼をしても足りないくらいだよ」

「領主として当然のことをしたまでですよ」

領民が困っていたら助ける。

領主として当然の務めだからな。

「本当に頼もしいな。君のような人が新しい領主で私たちも幸せだ」

「い、いやぁ……これからも頑張りますよ」

真正面から褒められると、さすがに照れるな。

メノン村長と談笑していると、そのうちに部屋からアイハ、クレイナ、ラーシェの三人が起きてくる。

「おはよう、みんな」

「おはよう！」

「……お、おはよう」

「おはようございます」

アイハはいつも通りだが、クレイナとラーシェは挨拶こそするものの俺と目を合わせようとしない。

　これは俺の推測だが、ふたりとも俺が目覚める前にこっそりベッドを抜けだすつもりだったんじゃないかな。ラーシェはメノン村長に言われるがまま潜り込んだっぽいけど、クレイナの場合はアイハに「みんなと一緒に寝たら楽しいよ」とか言われて断れなかった感じか。

　間もなくしてジェイレムさんとモリスさんも戻ってきた。すでにエノ村へ帰還する準備を整えていたらしく、夕方には到着できるって話だ。

「なら、すぐに支度をしないと」

　村のみんなにも、サンド・ワームを無事討伐できたと伝えなければいけないし、ノードン商会を通して王家にも一報を入れるつもりだ。これに関してはクレイナからの提案で、俺としてもガウベル地方を知ってもらういい機会になるし。

　とにかく、これからのことを考えたらすぐにでも聖樹のあるエノ村へ戻るべきだろうな。

「すいません、メノン村長。ドタバタしてしまって……近いうちに、また改めてお話をしたいと思います」

「分かった。そちらの立場を考えると、むしろこれからが大変だろうしな。その日が来るのを楽しみにしていよう」

　最後に、メノン村長と握手を交わすと外へ出る。

「あっ！　領主様！」

「お目覚めになりましたか！」

「ご無事でなによりです！」

一歩外へ出た途端、モンスター討伐部隊に加わっていたエノ村の男性陣、ノードン商会所属の商人、今回のために招集された冒険者たちが集まってきた。

みんな、俺を心配してくれていたらしい。

「ありがとう。早速で悪いけど、すぐにエノ村へ向けて出発したい――みんなに勝利の報告をしないといけないしね」

「「「「おおおおおおおおっ！」」」」

サンド・ワームに挑む時よりも大きく聞こえる雄叫び。それは、全員の喜びの気持ちが凝縮されているようにも思えた。

馬車へ乗り込もうとしたら、村の人たちが見送りに来てくれた。

先頭には、ラーシェの姿がある。

「リオ様……なにからなにまで、本当にありがとうございました」

「これくらいなんでもないよ。またなにかあったら、すぐに俺のところへ来てくれ」

「はい！」

「あたしたちのことも忘れないでよね」

「また会おうね」

「うん！」

ラーシェにとって、初めてできた他種族の友人であるアイハとクレイナ。

この数日で、三人は親友と呼んで差し支えない関係となっていた。

村にはエノ村の位置を示した地図を残しておいたし、ギニス村の人たちがエノ村へ来ることもできるだろう。聖水の影響でもっと自然豊かになれば、旅路も楽しいものとなりそうだ。

「また会いましょう！」

馬に跨り、村のみんなへ手を振る。

それから、俺たちはエノ村を目指して出発するのだった。

第七章　聖樹の危機

ギニス村でサンド・ワームを撃破した俺たちは、意気揚々とエノ村へと戻ってきた。

モンスターを討伐できた事実はもちろん喜ばれたが、それ以上に誰ひとりとして欠けることなく、無事に戻ってこられたことに安堵していた。

さらに、今回の件を通し、討伐部隊に参加してくれた冒険者たちにもガウベル地方の名前を覚えてもらえたようだ。

「もしここでダンジョンが見つかったら、ぜひ教えてください」

多くの冒険者からそのように声をかけてもらえた。

ダンジョン、か。

まだ調べていない場所に、もしかしたらあるのかもしれない。これだけ広大な土地なんだから、むしろないのが不自然に思えてくる。……新しい目標ができたな。

冒険者たちは村で一泊し、翌朝に商業都市バノスへ帰ることとなった。

俺たちも、エノ村に戻ってきたらドッと疲れが出たので、今日のところは早めに就寝しようという結論に至り、解散する。

「ふい～……疲れたぁ」

聖樹屋敷にある自室のベッドへダイブし、天井を見上げながら大きく息を吐く。

改めて振り返っても、本当に危なっかしい戦いだったし、俺がもっとうまく魔法を扱えていたら——そう思わずにはいられなかった。

しかし、同時に聖樹の魔力の偉大さも肌で感じていた。

これからもっと修行を積めば、日常生活でも活用できそうだな。

時間を見つけて、バノスに魔導書を買いに行こうか……いや、クレイナに事情を説明し、ノードン商会から購入するって手もある。

ともかく、魔法の可能性を広めるためにもやることはたくさん。

それを着実にこなしていけば、ここでの生活はもっと豊かで楽しいものとなるはずだ。

「早く魔法を覚えたい……明日が楽しみだなぁ……」

そう呟いて、目を閉じる。

疲労という名の充足感に包まれながら、眠りについたのだった。

◇◇◇

——気がつくと、不思議な空間にいた。

どこにいるのかと尋ねられても答えに困るような場所。

立っているのか横になっているのか。

起きているのか眠っているのか。

あらゆる判断が鈍り、曖昧な感覚となる。

「一体……なにがどうなっているんだ……」

自分が置かれている状況さえまともに理解ができない。辺りが真っ暗でなにも確認できない点も不気味さに拍車をかけていた。

ひょっとして、死んだのか？

で、ここは死後の世界？

そう勘ぐってしまうほど、今俺がいる空間がどんな場所であるのか説明ができなかった。

しばらくすると、視線の先に小さな光を発見する。それはだんだんと近づいてきているようだ。こちらとの距離が詰まってくると輝きが増していき、やがて——小さな女の子の姿となって俺の前に現れる。

年齢は十歳前後か。

緑色の長い髪をしていて透明な羽を持ち俯いているせいもあって表情は分からない。

それにしても……彼女は異常に小さかった。

もしかして、精霊ってヤツか？

「き、君は……？」

何者であるのか問いかけるが、女の子からの返事はない。

どうしたものかと悩んでいると、まったく動きを見せていなかった女の子が顔を上げた。

大きな瞳に涙をため、なにかを訴えかけるようにこちらを見上げる。

一度キュッと口元を締めてから、

「助けて……」

女の子がその言葉を口にした直後、目の前が真っ白になってなにも見えなくなった。

◇◇◇

「――はっ!?」

飛び起きると、そこは自室のベッドの上。

ギニス村から帰ってきてすぐに寝てしまったんだった。

って、ことは……さっきの夢？

「と、言うには妙にリアルだったな……」

意識はしっかりあったし、思考もクリアだった。とても夢とは思えない――が、だからといって現実とも言い難い。自分自身でさえなにを言っているのか理解できないが、そうとしかたとえようがないんだよなぁ。

「……もう一度寝たらまた見られるかな」

そんなことを考えながらベッドで横になっていると、

「リオ！　大変よ！」

「とんでもない一大事だって！」

部屋のドアを凄まじい勢いで開けたのはクレイナとアイハだった。

「ど、どうしたんだ？」

「聖樹が大変なんだよ！」

「せ、聖樹が？」

アイハの訴えを耳にした瞬間、頭に思い浮かんだのはついさっきまで見ていた夢だった。

……まさか、あの夢の内容と聖樹の異変になにか関係があるのか？

夢の中で『助けて』と訴えていたあの子は、もしかして——

「聞いているの、リオ！」

「っ！　あ、あぁ……とりあえず、外へ出てみよう」

クレイナに迫られて、俺は聖樹の状況を確認するためバルコニーへ。

朝日に照らされる聖樹は——特になにかが変わったようには見えなかった。

「えっ？　いつも通りに見えるけど……」

「足元をよく見てみなさい」

「足元？　――あっ」

視線を下へ移すと、そこには聖樹のものと思われる葉っぱが数枚落ちていた。これ自体は特におかしくもない光景なのだが……問題は葉っぱの状態にあった。

「えっ……枯れている？」

常に青々とした印象を受ける聖樹だが、足元にある葉っぱの一部は茶色く変色し、カサカサになっている。これが普通の植物であれば自然の摂理だろうと納得できるが、聖樹となれば話は別だ。

「聖樹って……枯れるのか？」

素朴な疑問だった。

枯れるとするなら加護を受けている俺が死んだ時とか、そういう特殊な条件が必要なのだと思っていたが。

「それについてだけど、今モリスをリンドの町へ向かわせているわ。夕方頃には戻ってくると思うけど」

「リンド？」

ここから遠くない町だが……なぜそこにモリスさんを？

「そこになにがあるんだ？」

「王立の大図書館があるのよ。あそこなら聖樹に関する情報が記された書物がきっとあるはずよ」

　リンドの大図書館……聞いたことあるな。

　実際に訪れたわけじゃないけど、噂はよく耳にしていた。あそこなら、きっと手がかりになる本があるはず。

　モリスさんの帰りを待つ間、俺はアイハ、クレイナとともに聖樹の異変について独自の調査をすることにした。

　——とは言うものの、今の俺たちにできることは限られている。とりあえずバルコニーから聖樹の様子を観察してみる。もしかしたら、他にもなにか変化が起きているかもしれない。

「うーん……特に変わった様子はないね」

「そうね。リオはどう？」

「確かに変化は感じられないな」

　目視できる範囲では変化を確認できない……そうなると、目には見えない部分に変化がないかどうか調べる必要があるな。

「……やれるかどうか分からないけど、聖樹に直接聞いてみるよ」

「えっ？」

「そ、そんなことができるの？」

「断言はできないけどね」

聖樹の幹に手を触れ、意識を集中させる。

初めて聖樹の加護を受けたあの時、聖樹の意識を感じ取れた。言葉で伝えられたわけじゃないのに、聖樹がなにを伝えようとしているのか理解できたのだ。

あの時と同じような現象が起きないか、魔力を通じて話しかけられないかと試みたのだが……望むような成果は得られなかった。

「ダメだ……なにも答えてくれない」

こちらからの呼びかけに、聖樹からの返事はなし。落胆する俺に、クレイナとアイハはどう声をかけたものかと悩んでいるように映った。

……ダメだな。

彼女たちにこんな顔させちゃいけないな。領主失格だ。

ただ――ひとつ分かったことがある。

「聖樹は確実に弱ってきている」

「っ！　や、やっぱりそうなの？」

「じゃあ、聖樹は本当に枯れかかっている……？」

衝撃の事実に、アイハとクレイナは顔を見合わせた。

「あぁ……ほんのわずかだが、魔力が弱くなっているみたいだ」

この、魔力が弱まっているという状況……果たして一過性のものなのか、それとも今後も続いていき、聖樹を弱らせていくのか。

「普通の樹木なら、害虫を疑うところだけど……」

「伝説の聖樹が害虫の影響で力を失うって……」

「な、なんだか嫌だね」

アイハはストレートに言い放つ――が、俺も同感だ。まあ、さすがに害虫が原因とは考えられないけど。

その後も俺たちは聖樹周りを調べてみたが、結局手がかりを入手するには至らなかった。


夕方になると、モリスさんが村へと戻ってきた。

馬車の荷台には本がおよそ二十冊。

王立図書館から借りてきたらしい。

「私の方でもいろいろと読んでみたのですが……この書物に書かれている内容がもっとも今の聖樹の状況とマッチしていると思うんです」

「ありがとうございます。早速チェックしてみますね」

手渡された本をじっくりと読み込むため、夕食もそこそこに部屋で読書を開始する。ちなみに、持ってきた他の本はモリスさんとクレイナが手分けして読むことに。

アイハも名乗りを上げてくれたが、この手の書物は難しい表現が多く、あまり理解できなさそうだから別枠で協力をしてもらおうと提案しておいた。

さて、肝心の本の内容についてだが……とても興味深い記述を見つける。

聖樹は魔力を放出し続けることで徐々に力を弱めていき、やがて枯れてしまうのだという。

聖樹が伝説として語り継がれているにもかかわらず、その姿を目の当たりにした者が少ないのにはそうした理由があったのだ。

期間はおよそ一ヵ月。

「一ヵ月……」

聖樹がガウベル地方に誕生してまだ数日。猶予があるとはいえ、すでに兆候は出始めている……それに、この本の通り一ヵ月とは限らない。あと数日のうちに枯れてしまってもおかしくはないからな。

「すぐにでも対策を始めないと……」

なんとか聖樹を救いたいと願い、本の続きを読んでいく――が、肝心の対策に関してはなにひとつ記されていなかった。

「困ったな……どうやって聖樹を元に戻せばいいんだ……」

流出する魔力を抑え込む手立てを確立できなければ、いずれ魔力が尽きて枯れてしまう。

せっかく、サンド・ワームを討伐して領地運営が軌道に乗りかけていたのに、その要となる聖樹が消滅するかもしれないなんて……いきなりの正念場だな。

とりあえず、今日はもう遅いから明日改めていろいろと考えよう。

上の事務所ではクレイナも情報を整理してくれているみたいだから、それも含めて今後の対策を検討していこう。

そう結論づけてベッドへと横になる——と、

「そういえば……あの夢って……」

思い出されるのは昨夜見た不思議な夢。

あの小さな女の子は、俺になにを伝えたかったのだろうか。

……もしかしたら、今夜また会えるかもしれない。

淡い期待を抱きつつ、シーツにくるまって目を閉じた。

◇◇◇

「——っ！」

不意に意識が覚醒した俺は、自分の置かれている状況を理解して驚く。

まただ。

また、昨日見た夢とまったく同じ状況下にいる。

すると、気になるのはやっぱりアレだ。

「あの女の子はどこだ？」

聖樹の力が弱まった前日に『助けて』と意味深なメッセージを残した少女。やはり、両者にはなにかしらの関連性があり、だからこそ再び俺をこの空間へと導いたのだ。

そう判断して、彼女を捜すためにさまよった。

現実世界ではないが、意識や感覚はハッキリしているため夢でもない。言ってみれば、ふたつの間にある世界って表現が正しいだろうか。どちらにしても、普通の人間ではたどり着けない場所であることは間違いなかった。

さまよい始めてからどれだけの時間が経っただろうか。

目の前に突如光が現れた。

――同じだ。

昨日、あの子と会う直前にも同じような光を見た。あの光の出現が、彼女の登場の前兆になっている。確証はないが、可能性としてはかなり高いだろう。

「そこにいるのか！」

たまらず声をかけた。

聖樹と関連があると言うなら、今なにが起きているのか詳しい状況と解決策について尋ねたかった。

「答えてくれ！　俺は聖樹を救いたいんだ！」

必死に訴えた。

これまで、幾度となく俺たちを救ってくれた聖樹──もし、その聖樹が本当に枯れかけているとするなら、今度は俺たちが救う番だ。

……だが、俺の叫びはただ虚しく響くだけで、なにも返っては来なかった。

「ダメなのか……」

あきらめかけていると、視界の端に光を捉えた。

「聖樹！」

そう叫んでから視線を向けると、やがて光は人の形へと変化していき、最終的にはあの緑髪の女の子となった。

彼女は自分が何者であるのかは一切語っていない。でも、俺にはなんとなく分かった──あの子は聖樹の意思そのもの。聖樹が俺の前に現れる際の姿である、と。

「君は……聖樹だったんだな……」

「違います。私は精霊──聖樹の代弁者です」

「代弁者？」

彼女自身は聖樹でないが、聖樹の気持ちを代わりに俺へと伝える役目を担っている精霊だという。……というか、やっぱり精霊だったか。

「聖樹は精霊とともに存在します。もっとも、まだ聖樹が生まれて日も浅いため、精霊と呼べる者は私しかしませんが」

「そ、そうなのか……でも、『私しか』ってことは、これから精霊は増えていくのか？」

「はい。しかし、今の弱った聖樹では叶わないでしょう」

「っ！　そうだ！　聖樹だよ！　聖樹の魔力を制御することはできないのか⁉」

俺は精霊に解決策を求めた。

それを受け、緑髪の精霊は表情を一切変えず、淡々と説明していく。

「制御するには、魔力を一点にとどめるようなアイテムが必要となります」

「魔力を一点に……魔剣とかか？」

真っ先に思い浮かんだアイテムは魔剣だった。

王国騎士団には、戦力として剣術を扱う騎士団と魔法を扱う魔法兵団のふたつが存在している。それぞれの得意分野を極めたプロ集団だ。

しかし、中には例外的に剣術と魔法の両方を使いこなせる者もいる。

彼らは魔剣士と呼ばれ、自身の魔力を制御するために職人が専用につくりあげた魔剣で戦うのだが……「魔力を制御する」という部分に着目した。

聖樹から流れ続ける魔力を魔剣で受け止め、それを再び聖樹へと戻す。魔力の循環とでも呼べばいいだろうか。魔剣を通じてこのサイクルが実現できれば、聖樹は永久に魔力枯れを起こすことはなくなるぞ。

「そのアイテムさえあれば、聖樹は枯れないで済むんだな？」

「えぇ。また元気な姿で、あなた方へ力を貸してくれるはずです」

「よし……」

やるべきことは決まった。

あと、あともうひとつだけ。

「君さ、夢の中だけじゃなくて現実の世界の方では会えないのかな？」

「もう少し聖樹の魔力が安定したら、あちらでも顔を合わせることができます」

これは思わぬ新事実だ。

「そうなのか？　そうとなれば、一層頑張らなくちゃな」

「なぜですか？」

「会わせたい人たちがたくさんいるんだよ」

アイハ、クレイナ、ラーシェ——彼女たち以外にも、ガウベル地方で暮らす者たちはみんな聖樹に感謝しているし、精霊たちとの暮らしも楽しそうだ。なにより、この空間にひとりでいるのが、なんだか寂しそうに映った。

決意を新たにすると、目の前が突然真っ白になる。

これは……この空間が終わりを迎える兆候だ。

「私もあちらの世界であなた方に会うのを楽しみにしています。……もう、遠くから見ているだけなのは嫌ですからね」

寂しげにそう語った精霊。

……そんな顔をされてしまっては、どうあっても失敗はできないな。まあ、もともと聖樹なしではこの土地の復活なんてあり得ないだろうし、なにがなんでも成功させてやろうって気ではいたけどね。

「任せてくれ」

精霊からエールを受けると笑顔でそう返す。

――と、その時、唐突にあることを思い出した。

「ひょっとして、初めてバノスへ向かおうとした時、誰かに話しかけられたような感覚があったけど……あれは君だったのか？」

「っ！　気づかれていたとは……」

やっぱりそうだったのか。

あの頃から、なにかしらコンタクトを取ろうとしていたってわけか。

「今度はみんなでたくさん話そう」

「はい」

精霊は初めてニコッと優しい笑みを浮かべたのだった。

◇◇◇

「朝……か」

上半身だけを起こして、夢の内容を思い出す。

精霊が口にした『あなた方に会うのを楽しみにしています』という応援の言葉……あの時の表情は少し嬉しそうにも見えた。

あの子の期待に応えるためにも、聖樹を守らないとな。

そんな聖樹の件についてだが……ようやく道筋が見えた。

聖樹の魔力放出を抑え込むために魔剣を用意する――口にしてしまえばなんてことはない簡単なもののように聞こえる。それこそ、Bランクモンスターであるサンド・ワーム討伐の方がもっと手間取りそうだ。

しかし、魔剣を調達する行為……サンド・ワーム討伐とはベクトルの違うややこしさがあった。

最大の障害となるのが、魔剣をつくれる鍛冶職人の存在。

ただの職人ではなく、熟練の中でも特に高度な技術を持ったほんの一部の者にしかつくれないのが魔剣だ。そうした超一流の職人は王家と専属契約を結んでおり、そう簡単に依頼を引き受けてはもらえない。

ファルバーグの名前を利用できればいいのだが、今は勘当された身。有効活用はできないし、そもそも名乗ったところで優先的に取りかかってくれるとも思えない。

「こういう時は、やっぱりクレイナに聞くのが一番だな」

今までの話はあくまでも俺の知る範囲でのこと。

商人としての経験が豊富な彼女ならば、他にも入手方法があると知っているかもしれない。

早速、俺は部屋を出て彼女がいる二階のノードン商会事務所へ向かおうとしたのだが、

「おはよう、リオ」

彼女は一階にある聖樹屋敷のリビングでのんびりコーヒーを飲んでいた。

「あ、お、おはよう、クレイナ」

「あなたもコーヒー飲む？」

「い、いただこうかな」

あまりにも自然な流れでコーヒーをすすめられたので飲むことにしたのだが……こうしていると、なんだかクレイナと一緒に暮らしているような感覚になるな。

「？　なによ、ジッとこちらを見つめて」

「な、なんでもないよ」

さすがに面と向かってそんなことは言えないので慌てて誤魔化す。

「もうちょっとしたら、アイハが来るはずよ。農作業をする前に朝の挨拶をしに行くって言っていたから」

「そうだった。農作業と言えば、もう次の野菜ができているんだよな」

聖樹の魔力を含んだ野菜は、バノスで大好評だった。ノードン商会が仲介役を買って出てくれたおかげで、他の町への進出も視野に入れている——のだが、聖樹の能力がなくなってしまえば終わりだ。ノードン商会もエノ村から手を引くだろう。

そうした事態を招かないよう、コーヒーと朝食用に買っておいたパンを食べながらクレイナに夢の話をする。

「精霊、か……まあ、聖樹ならそういうのもありそうって感想ね」

これまで散々聖樹の規格外な能力を見せつけられてきたからな。今さら精霊が宿っていますと言われても驚きはしないか。クレイナの関心はむしろ魔剣の方へと注がれていた。

「結論から言わせてもらうと……一ヵ月以内に魔剣を入手するのはほぼ不可能よ」

「えぇっ⁉」

いきなり絶望的すぎる現実を突きつけられる。

原因は、やはり王家との専属契約にあった。

これのせいで鍛冶職人たちはかなり動きを制限されているらしい。

代わりになるような人物に心当たりはないかと尋ねてみるが、

「魔剣のつくり方は門外不出。職人たちが築き上げてきた努力の結晶と呼ぶべきものだから、伝えるにしてもたったひとりだけというのが伝統らしいわ」

「なんとかつくり方だけでも教えてもらえないだろうか」

「難しいと思うわ。時代錯誤だと非難されようが、職人にも『これで王家とのつながりができるくらいにまでのし上がってきた』って自負があるから、技術継承に関してそう簡単には折れてくれないでしょうね」

「そ、そうか……」

聖樹を救う具体的な策があると喜んだのも束の間、それが実現困難な問題であると知り、ひどく落胆する。

そんな俺を見かねたのか、クレイナはさらに続けた。

「まあ、あくまでも正規ルートでの話だけどね」

「じゃあ、まったく手立てがないわけじゃないんだな！」

俺がそう尋ねると、クレイナはこれまでに見たことがないくらい困った表情をして話し始める。

「……ただ、ノードン商会の理念に反するのよ。うちは代々『商売は正直に！』を家訓にやってきて、信頼を勝ち取ってきたから」

彼女らしくない弱々しい口調が、激しい葛藤を物語っていた。

正規ルート以外で魔剣を入手する方法——つまり、違法な手段であることを指している。

クレイナには、聖樹を助けたい気持ちはある。だが、下手をすると、偉大な先人たちが築いてきたノードン商会の評判が地に落ちてしまう可能性もあった。そこから生まれる葛藤で表情が曇っているのだろう。

「……すまない、クレイナ。今の話は忘れてくれ」

これ以上、彼女に無理はさせられない。

聖樹を救う方法は、あくまでも正攻法に限るとしよう。

……でも、それなら一体どうすればいいんだ？

「………………」

「クレイナ？」

机に突っ伏したまま動かないクレイナ。

あまり思い詰めないよう声をかけようとしたら、

「——あるわ」

「えっ？」

「可能性は限りなくゼロに近いし、根本的な解決には至らないけど……時間稼ぎくらいはできると思うわ」

「じ、時間稼ぎ？」

「とにかく、一度あたしのプランを説明するから待っていて。モリスを呼んでくる」

決定的な解決方法ではなく、あくまでもつなぎの作戦らしい。

しばらく待っていると、モリスさんに加えてアイハもついてきた。

彼女が提案する方法とは――

「大量の魔鉱石に聖樹の魔力を吸収させるの」

「魔鉱石に？」

クレイナの見解はこうだ。

風呂を沸かす時に魔力を注ぐように、魔鉱石には内部へ魔力をとどめておく特性を持っている。その間に熱を発したり、水が染み出たりとさまざまな効果があるのだが、それを利用しようというのだ。

「一時的でも、あの魔力の放出をとどめている間に鍛冶職人と接触し、うちの依頼をこなしてもらえるように交渉してみるわ」

このプランに異論を唱えたのはモリスさんだった。

「しかし、相手が王家のお抱えともなれば、接触するのも困難です。もしかしたら、一年以上先になるかもしれません」

「なら、一年以上聖樹の魔力を抑え込めるだけの魔鉱石を用意すればいいだけよ」

「……………」

モリスさんは沈黙――が、決して納得した表情ってわけではない。これについては、素人の俺にも分かる。あの大量の魔力を抑え込めるだけの魔鉱石を一年分以上……ハッキリ言って、現実的な数字ではない。

――だが、現状ではもっとも可能性のある方法でもあった。だから、モリスさんは頭から否定しなかったのだろう。

これはもう賭けだ。

成功してこれまで通りの生活を続けられるか、失敗してなにもかも失ってしまうか。

俺たちは決断を迫られていた。

重苦しい静寂に包まれる中、口を開いたのはアイハだった。

「あの、ちょっといいかな」

「なにか思いついたのか、アイハ」

「えぇっと……ラーシェちゃんの言っていたことがちょっと気がかりで……もしかしたら、全然関係のない話題かもしれないけど」

「ラーシェが?」

スナネコの獣人族であるラーシェが、この状況に関係あることを言っていた?

……気になるな。

「アイハ、教えてくれ。ラーシェはなんて言っていたんだ?」

「う、うん。ラーシェちゃんが言うには、最近ギニス村の若い男たちが洞穴を見つけたって話していて」

「洞穴？」

「もしかして――ダンジョンの入口じゃない⁉」

「ダンジョンかどうかは分からないけど、洞穴の周辺にはここ数日のうちに突然草木が生えるようになったし、穴の奥からなんとも言えない不思議な感覚がしてきたらしいの」

草木が生えているのは、聖水の影響だろう。

……だが、不思議な感覚とは一体なんだ？

それについて、アイハから追加の情報がもたらされた。

「彼らはとても不思議がっていたけど、リオがサンド・ワームを退治した時に使った炎魔法を間近に見て理解したらしいの――洞穴の奥から感じたのは魔力だったんだって」

「っ！　じゃ、じゃあ、洞穴の奥には魔力を帯びたなにかがあるってことか！」

「なら、間違いなく魔鉱石ね。ここへ来て、新しいダンジョン発見とはツイているわ！」

「聖水の影響を受けている範囲内ということは……ダンジョンにある魔鉱石もその影響によって凄まじい能力を秘めている可能性がありますな」

モリスさんの言う通りだ。

聖水の効果だってあんなに凄いのだから、魔鉱石ともなったらどうなるか……調べてみる価値は大いにあるな。

こうして、俺たちの話はまとまった。

まずは再びギニス村を訪れて洞穴の情報を聞いてくる。それから、実際にそこへ入り、魔鉱石の実態を調査する。

ただ、こちらはどのような結果が待っているかまったくの不透明であるため、例の鍛冶職人への接触も同時進行していく。

本来なら、プロの手によって専用の剣を用意してもらうのがベストなのだが、さまざまな事情からすぐには叶わないだろう。……仮にそうであっても、一縷の望みをかけて行動を起こしておくべきだと考えた。

「そうと決まれば、とどまっている冒険者たちにもう一度声をかけてきます」

「あたしたちは旅の準備をしましょう、アイハ」

「そうだね！　パパにも声をかけてくる！」

ほんの少しだけど、みんなに元気が戻ったような気がした。

聖樹復活に向けての光明——と呼ぶにはまだ弱いが、まったく進展がなかったさっきまでに比べたらマシか。

ともかく、居ても立ってもいられなくなった俺たちは、すぐさま準備に取りかかるのであった。

馬車を用意し、荷物を詰め込んでいる間にモリスさんが冒険者たちを連れてきた。

残念ながら、ほとんどの冒険者は早朝にバノスへ向けて村を発ってしまったらしく、残って協力をしてくれることになったのは六人だけ。

まあ、今回はモンスター討伐ってわけではないので、正直、いてくれるだけでもだいぶありがたい。

調査する場所が本当にダンジョンだったとしたら、彼らにとっても新しい仕事場ができるのでヤル気は満々だった。

念のため地図を持ってきてはいるが、ギニス村までのルートは頭に入っている。方角を確認して一直線に進むだけだから簡単だ。

道中では聖水の影響によりさらなる環境の変化を楽しむことができた。

「リオ！　見て！　あそこに蝶々がいるよ！」

無邪気な声でアイハが教えてくれる。

これまで確認できたのは植物くらいで生物の姿は見えなかったのだが、どこから飛んできたのか、赤い羽の蝶々が俺たちの前を通過する。

そこで気づいたのだが、辺りには草木の他に花も咲いている場所がある。

「ここまで変わってきたのか……」

うまく説明できないけど、生命の息吹ってヤツかな。今までも十分劇的な変化を遂げてきたけど、生き物がいるっていうのは大きな進歩だと思うんだ。近くには川も流れているし、これからもっと増えていくだろう。

——すべては、聖樹がこれからも健在だった場合のみだけど。

このガウベル地方で生きているのは人間だけじゃない。

それを改めて思い知る。

「リオ、どうかしたの？」

「……いや、行こうか」

クレイナにそう告げて、馬を走らせる。

緑化地帯を抜けてしばらく進むと、ギニス村が見えてきた。

前は慎重に接近していったが、今回はすでに村人たちと顔見知りとなっているため、そのまま村へと入っていく。

「おや？　領主様？」

「みなさんもご一緒ですか？」

「なにかありましたかな？」

ちょっと前に帰ったばかりの俺たちがまた戻ってきたので、村人たちは不思議に感じたようだ。

「すいません、まずはメノン村長にお会いしたくて――」

「リオ様⁉」

聞き慣れた声が耳に入ったので振り返ると、そこではラーシェとメノン村長の親子が驚いた顔をしながらこちらを見つめていた。

「なにか忘れ物でもしていったのかい？」

メノン村長の言葉に、俺はゆっくりと首を横へと振った。

「実は、今回訪れたのは――この村の周辺にある洞穴の情報を聞きたくて参りました」

「洞穴……」

どうやら、メノン村長には心当たりがあるようだ。

「君たちの期待に応えられるかどうかは分からないが、詳しい話はうちでしよう」

「ありがとうございます」

知っている情報を教えてくれるそうなので、俺たちは馬を預けると村長宅を目指した。

その村長なのだが……どうにも険しい顔をしている。

サンド・ワーム討伐作戦の話し合いをしていた時のように、各々が好きな位置に腰を下ろしてから話が始まった。

「領主殿が言っているのは恐らく……聖域のことだろう」

「聖域？」

なんだか一気に様子が変わったな。

そんな大層な名前がつけられている場所だという情報は聞いていなかった。最近になって発見したって感じだったし、もしかしたら別の場所かもしれないと思ったが、この辺りにある洞穴といえばそこしかないとメノン村長は言い切った。

聖域について、詳しい場所は村人でもわずかな者しか知らされておらず、なんでも禁忌の場所とされているらしい。

村の若者たちは聖域の存在を知らず、偶然発見したのだろうと言う。

「聖域にはなにがあるんですか？」

「私たちにも詳しくは伝えられていない。――だが、恐らく先代が目撃したモンスターの住処かなにかではないかと推察されているのだ」

あぁ……その説が濃厚かもな。

地中を動き回るサンド・ワームとは違い、ダンジョンに住み着いているモンスターもよくいるからな。これに関しては俺よりも冒険者たちの方が詳しそうだけど。

ともかく、詳細は実際に見てみないことには分からないので、メノン村長に案内をお願いする。

ちなみに、今回のダンジョン探索については専門分野である冒険者にリードしてもらうつもりだ。担当してくれるのはノードン商会の常連客で、バノスでも指折りの実力者として知られる青年リック。外見はモリスさんやジェイレムさんのように筋骨隆々とした、いかにも戦士って感じはしないが、戦闘力はかなり高いらしい。

「今回は道のりもよく分からないダンジョンになりますので、十分ご注意を」

「分かりました」

今回探索するダンジョンは、まだ人の手の及んでいない場所。正規のルート開拓もできていないし、完全な初見となる。下手をしたら、道に迷って戻ってこられなくなるかもしれない。

そうしたリスクをなくすため、聖樹の力を借りることにした。

「よっと」

手にしていた剣を地面へと突き刺し、魔力を注ぐ。この行為に、ラーシェが関心を抱いたようだ。

「な、なにをしているんですか？」

「聖樹の根をこのダンジョンの周辺に張り巡らせておく。これで道順や現在地を把握することができるんだ」

できれば、今の聖樹に負担をかけたくはないが……そのうち、魔導書を読み込んで転移魔法を覚えよう。

準備を整えると、ここからはメノン村長やラーシェ、さらには同行してくれた数名の村人たちも一緒にダンジョンへと入る。

スナネコの獣人族であるメノン村長たちは人間の俺たちよりもずっと身体能力が高く、非常に戦闘力が高い。あのラーシェでさえ、普通サイズのモンスターであれば遅れは取らないという。

「あ、あたしたちもなにか武術を学んだ方がいいのかもね」

「私はパパから弓の扱いを習っているよ？」

「っ！　さ、先を越されるとは……」

クレイナとアイハが戦闘力談議に花を咲かせているが……ふたりが戦闘にかかわらなくてもいいようにしないとな。

さて、肝心のダンジョン内部だが——とにかく薄暗くて肌寒い。

人の手の行き届いたダンジョンであれば、発光石を埋め込んだランプが設置されていたりして移動も苦にならないのだが、さすがにここではそんな常識は通用しない。

念のため、冒険者たちがこうした事態を想定して自前のランプを用意してくれていたので困ることはなかった。さすがは経験者だ。彼らがいてくれて本当に助かるよ。

入口付近は少し狭さを感じたが、奥へ進むほどに空間が広がっており、分かれ道も出てくる。

「こっちから強い魔力を感じるな……」

聖樹の加護を受けている俺は、本職の魔法使いがごとく魔力の強弱を把握できるようになっており、より強い魔力を察知した方向へと進んで行った。

しばらくすると、これまで以上に広く、天井の高い空間へと出る。

さらに、視界に飛び込んできたのは広大な地底湖だった。

湖底に発光石が含まれているのか、湖面がキラキラと輝いており、存在感をより強調している。

「おぉ！」

「これは美しい……」

「まさに絶景だな」

冒険者やスナネコの獣人族たちは初めて見る光景に興奮気味だった。

もちろん、ダンジョンにある地底湖なんて珍しい場所はそうそうお目にかかれないため、もはや観光を楽しむ旅行者のような感覚で眺めていた。

「――って、そうじゃない。早く魔鉱石を探さないと」

思わず景色に見惚れてしまっていたが、今はそれどころじゃない。

俺は魔力を使って辺りを調べてみる。

結果――ある事実が浮かび上がった。

「……ここから強い魔力を感じる。……聖樹の魔力で間違いなさそうだ」

「じゃあ、この近くを手分けして探しましょう。強力な魔鉱石があれば、聖樹の魔力放出を一時的にでも止めることができるわ」

クレイナからの言葉を受けて、全員が「おおっ！」と勇ましく返事をする。

魔剣を入手するまでは根本的な解決に至らないとしても、これはそのための第一歩でもあるのだ。気合を入れていかないと。

早速、手分けしてあちこち探してみるのだが、

「あったぞ！」

「こっちもだ！」

「おいおいなんだよ、めちゃくちゃたくさんあるじゃないか！」

「しかも上質な代物ばかり……こりゃ驚いたな」

魔鉱石は至るところで大量に発見された。手つかずのダンジョンであるということを考慮しても、この数は明らかに異常だと冒険者のリーダーを務めるリックさんや商人として長年にわたり魔鉱石を扱ってきたモリスさんは語る。

この手の分野に詳しいふたりが口を揃えるのだからよほどのことなのだろう。

「これもやっぱり聖樹の魔力のおかげなのでしょうか？」

「私はそう思いますね。というか、そうでもなければ説明がつきません」

モリスさんは苦笑いを浮かべながら答える。

とりあえず、「量」の部分に関しては問題なさそうだが……次に気になるのは「質」だ。

これぱっかりは実際に使用してみないと分からないらしいので、とにかく袋に詰め込んでひとつでも多く持ち帰ることに。だが、クレイナ、モリスさん、リックさんたちの見解ではかなりの上物だという。

「なんとか、聖樹の魔力放出を食い止めてくれるといいんだけど……」

足元に落ちていた魔鉱石を拾い上げて、そんなことを呟いた――と、

「うん？」

視界の端っこで、なにかが動いたような感じがした。

すぐに辺りを調べてみるものの、特に目立っておかしな点は見受けられない。

「リオ？　魔鉱石なら足元に落ちているよ？」

そんな俺の行動を不審に感じたアイハ――だが、彼女も特に異変が起きていると認識してはいないようだ。

やはり、俺の気のせいだったのか？

初めてのダンジョンなので、神経過敏になっている面もあるが……それが影響したのかもしれない。

そう結論づけて、魔鉱石の採集を再開しようとした、まさにその時、

「あっ！」

今度はしっかり異変を目で捉えることができた。

「本当にどうしたのよ、リオ」

「……モンスターだ」

「えっ？」

「大蛇のモンスターがいるんだ」

クレイナへそう伝えると、近くにいたモリスさんや冒険者たちは目の色を変えて臨戦態勢を取る。

「バカな……ここまで接近されていることに気づかないなんて……」

リックさんは信じられないといった表情を浮かべている。ベテランである彼らでさえ察知できなかった理由は、モンスターの優れた擬態にあった。

モンスターの肌は周囲の岩肌と絶妙にマッチしており、顔がハッキリと確認できるようになった今でも困惑するくらい見分けがつかない。あと少しでも気づくのが遅れていたら、知らないうちに丸飲みされていたかもな。

ただ、最悪のパターンを防げただけであって、俺たちが窮地に立たされている現状は変わらない。そのサイズはサンド・ワームと大差なく、俺たちは攻撃手段を選択しきれずにいた。

すると、こちらからの攻撃がないと判断した大蛇が攻勢に出る。

大きく口を開け、鋭い牙を向けながら襲いかかってきたのだ。

「危ない！」

そう叫ぶしかなかった。

他のみんなはなんとか回避できたが、この攻撃がこれからも続くとなると全滅は免れない。

かといって、俺たちがここへたどり着くまでに通ってきた一本道はモンスターの巨体によってふさがれてしまい、逃げだすことさえ叶わない状況だ。

「こうなったら……」

サンド・ワームを倒した時のように、聖樹の魔力を借りて大蛇を倒そうとする——が、こちらの動きはすぐに止まった。

脳裏をよぎるのは聖樹の状態。

ただでさえ魔力を放出し続けている聖樹から、さらに魔力を奪うような行為……さらに弱まり、枯れるまでの日数が早まるのではないか。

「ぐっ……」

終わりの見えない葛藤が、俺の動きを鈍らせる。

そうこうしている間に、モリスさんや冒険者、ギニス村の戦士たちが大蛇討伐に向けて戦っていた。

俺も加勢しなくては。

このままここでヤツのエサになる——それが、現状もっとも避けるべき問題じゃないか。

そのためにはどうしても聖樹の魔力が必要になる。

「頼むぞ――聖樹！」

魔力を解き放ち、大蛇へと立ち向かおうとしたのだが、ちょうど同じタイミングでヤツも俺のいる方向へ突っ込んできた。恐らく、魔力を察知し、魔法を使わせないようにするためだろう。

「うわっ⁉」

想定外の攻撃に、俺は回避するのがやっとだった。

しかし、避けた先に岩があり、背中から激突した衝撃で手にしていた剣を放り出しまう。

俺の手を離れた剣はクルクルと回転しながら地底湖へと落下し、底へ沈んでいった。

「しまった！」

痛恨のミスだ。

今回の戦闘は前回と違い、閉ざされたダンジョン内。サンド・ワームと戦った時は外だったから存分に力を発揮できた。しかし、この空間で好き勝手に暴れたら崩落を起こす可能性がある。

だから、魔法を剣にまとわせ、威力を一点に集中させる戦いを考えていた。

「くっ！」

こうなったら……イチかバチかになるが、魔法を使用するしかない。なにもしないでいたら、大蛇の餌食になってしまう。

「みんな！　離れてくれ！　――魔法を使う！」

俺がここで魔法を使う意味……みんな、その意味をすぐに理解した。それでも、反対を口にする者はおらず、「やってくれ」と目で後押ししてくれる。

必ずみんなを助ける。

強い意志を持って魔力を練り上げていると、

『待ってください』

耳元で声がした。

……いや、耳というより、頭の中に直接語りかけられるような、不思議な感覚だった。

でも、俺の周囲には誰もいなかったはず。

あと、今の声……女の子だったけど、つい最近聞いた覚えがある。

「ひょっとして――聖樹の精霊か？」

『どうにか声だけでも届けようと思っていろいろと頑張っていましたが、なんとか間に合ったみたいですね』

「……ゆっくりと会話を楽しみたいところだけど、今はちょっとそんな状況じゃないんだ」

『分かっています――モンスターに襲われているのでしょう？』

「っ！　こちらの状況が分かっているのか？」

『直接そちらの状況を確認できているわけではありませんが……窮地であることはあなたの魔

力を通じて理解できます』

　便利なのか不便なのか、よく分からない特性だな。

「ど、どうしたのよ、リオ！」

　精霊との会話に夢中となるあまり、追い込まれている状況を忘れてしまっていた。

「悪いが、おしゃべりは後だ。今はこのピンチを突破するために――」

『近くにある水の中へ飛び込んでください』

「えっ？」

　近くにある水って……地底湖のことか？

「ど、どうして――」

　俺が精霊へ理由を尋ねようとした瞬間、湖面が突如七色に発光し、同時に大量の魔力を感じ取った。

「今の魔力……やはり聖樹のものか」

　さっき感じたことを思い出した時、精霊が飛び込めと指示した意図が読めた。途端に、迷いは消え去る。

「やるしかないな。――いくぞ！」

　覚悟を決めて、地底湖へと飛び込んだ。

　すぐに視界へ入ったのは、光り輝く湖底。

驚くべきことに、地底湖の底は魔鉱石で埋め尽くされていた。恐らく、本来はただの石だったものが、聖水の影響で魔鉱石となったのだろう。ダンジョンの地底湖周辺にだけ魔鉱石が大量に落ちていた理由にもつながる。

そんな光り輝く地底湖の底に、さっき落とした剣を見つけた。

『あの剣を取ってください』

精霊はそう告げたが、それよりも先に俺は剣へと手を伸ばしていた。

これも聖樹の加護があるからなのか。

あの剣に起きた劇的な変化が、魔力を通して伝わってくる。

必死に泳ぎ続け、湖底に落ちている剣を掴んだ。

「っ⁉」

途端に、全身をこれまでに感じたことがない量の魔力が駆け巡る。サンド・ワームを討伐した時とは比べ物にならないくらいだ。これはもう、手に入れたいと思っていた魔剣に匹敵すると言って過言ではない。

——イケる。

これなら、あの大蛇を倒せる。

そう確信し、水中で剣を構えた。

周りには水がいっぱいあるんだから、ここは水魔法を使って最大限に利用してやろう。

早速自分の魔法を使おうとした途端、魔剣へと生まれ変わったその剣は青白く光り始めた。

さらに、俺を中心にして地底湖の水が渦巻き、やがてすべてが魔剣へと集結。天井にまで届きそうな高さまで伸びる水魔法の剣となったのだ。

「リオ⁉　大丈夫なの⁉」

「怪我はない⁉」

水がなくなった地底湖の底で剣を構えている俺を発見したクレイナとアイハの声が聞こえてくる。ふたりを安心させるべく、「大丈夫だ！」とだけ叫ぶと、すぐに標的である大蛇へと視線を移した。

みんな、なんとか応戦しているようだが、さすがに疲労の色は隠せない。

メノン村長やラーシェも、肩で息をするほど疲れているようだ。

――でも、これですべて終わらせる。

『やっちゃってください！』

「おう！」

精霊からの後押しも受けて、水の魔剣を振り下ろす。圧倒的な水量によって形成された水の刃は、見事に大蛇の巨体を両断。しばらくは暴れ回っていたが、やがて大人しくなり、最終的には絶命して動かなくなった。

「やった……」

安堵した直後、頭上から大量の水が降り注ぐ。

すっかり油断していたが、脱力したと同時に魔力を遮断したため、剣の形をキープしていた地底湖の水が元に戻ったのだ。

「ぶはっ⁉」

危うく溺れかけるところだったが、なんとか水面に顔を出すと、モリスさんとジェイレムさんが泳いで俺のもとまでやってきてくれて、あとは背負われる形で岸へと戻った。

「いきなり飛び込むなんて……驚きましたぞ、領主殿」

「俺も肝が冷えたぜぇ」

陸へ上がると、早速モリスさんとジェイレムさんから軽めのお説教を食らう。

とはいえ、あの状況では説明なんてしていられなかったからな。こればっかりは許してもらいたい。

直後、突然体に衝撃が走る。

背後からクレイナ、アイハ、ラーシェの三人が飛びついてきたのだ。

「やったわね、リオ！」

「凄すぎるよ！」

「心配しましたよ！」

「みんな……ありがとう」

ふと周りへ視線を向けてみれば、エノ村の戦士たち、商人、冒険者、スナネコの獣人族――今回の聖樹復活作戦に協力してくれたみんなが笑顔になっていた。

……きっと、神託の儀式の後にファルバーグ家に残っていたら、こんな光景を見ることはなかったのだろう。

まあ、危険な目に遭うこともないかもだけど……それでも、俺は聖樹の種を授かり、このガウベル地方の領主になったことを今日ほど喜んだことはなかった。

「これも……神の導きなのかな」

手にした魔剣を眺めながら、俺は密かにそう思うのだった。

大蛇を倒した俺たちは、魔鉱石を運びだすために一度外へと出た。

「思っていたよりもずっとたくさんの魔鉱石が手に入ったな」

「他にも大きな収穫があったけどね」

そう語るクレイナの視線は、俺の手元へ向けられていた。

あるのはもちろん、生まれ変わった魔剣だ。

「この魔剣さえあれば、聖樹の魔力をコントロールできる……」

なにをどうすればいいのか、すべては手の中にある魔剣が教えてくれる。

魔鉱石で満たされた地底湖に沈んだことで聖樹の意識を宿した――そう考えるのはさすがに飛躍させすぎなのかもしれないけど、途中で聞こえてきた精霊の声も含め、すべては聖樹が俺たちを救うために手助けをしてくれたんじゃないかって感じていた。

「君もまだ、俺たちと一緒にいたいと思ってくれているのか？」

返ってこないだろう質問を口にしてから、みんなの方へと振り返る。

「魔剣の力で一刻も早く聖樹を救いたい。だから――」

「戻る準備はできているぞ！」

俺が言い終える前に、ジェイレムさんが答えてくれる。

本来なら、ギニス村に戻ってゆっくりし、成功を祝う宴会のひとつでも盛大に行ってから戻るのだが――さすがに時間がない。申し訳ないと思いつつも、ラーシェやメノン村長はそういった事情を把握しており、配慮してくれた。

「すぐにエノ村へ戻るといい、領主殿」

「聖樹を助けたら、またゆっくりお祝いしましょう」

「っ！　うん。その時は必ずみんなで祝おう」

今回はこの場でギニス村の人々と別れ、エノ村を目指す。

でも、これで聖樹が元に戻ったら、ギニス村の人たちを聖樹のある俺たちの村へ招待する約束をした。

そこで改めて、宴会を開くとしよう。

再会を誓い合った後、俺たちはラーシェたちに別れを告げてダンジョンを後にした。


エノ村に到着すると、すぐに聖樹へと向かった。

見た目からは弱っているようには思えない――だが、着実に魔力は減少し続けている。

「魔剣は手に入ったけど……どうやって流れ出る魔力を制御するの？」

アイハは素朴な疑問を投げかけてくる。

これについては口で答えるよりも実際に見てもらった方が伝わりやすいだろう。

腰に携えた魔剣を鞘から抜くと、剣先を地面へと突き刺した。

「っ⁉　そ、それで大丈夫なの⁉」

クレイナもこの行動は予想外だったようで慌てている。

けど、これでいいんだ。

「見ていてくれ」

静かにそう告げてから、聖樹を見上げる。

相変わらず、雨のように降り注いでいる虹色の魔力。

放出されていた虹色の魔力は地面に突き刺さる魔剣へと集まっている。魔剣からも魔力は放出されており、それは聖樹へと戻っていく。聖樹と魔剣の間で魔力が循環しているのだ。

「す、凄い……」

唖然とするクレイナ。

そうした反応は彼女だけじゃなく、周りの人たちもまったく同じだった。

今の段階では聖樹の魔力に慣れさせるために魔剣を地面に刺して固定した状態ではあるけど、時間が経てば魔剣に聖樹の魔力が行き渡り、距離が離れていても循環機能が働くため、魔剣を自由にあちこち持ち運んでも問題なくなるだろう。

それまでしばらく魔剣はこのままで。

次は――

「さあ、聖樹屋敷へ戻ろう――きっと、彼女が待っていてくれるはずだ」

「「彼女？」」

アイハとクレイナは顔を見合わせる。

聖樹の魔力消費を気にしなくなった今、夢に出てきた彼女が俺たちの帰りを待っているはずなのだ。

不思議がるアイハとクレイナを連れて聖樹屋敷に入ると、

「お待ちしておりました」

俺の予想通り、聖樹の精霊が迎えてくれた。

小さくて透明な羽を一生懸命バタつかせ、こちらをジッと見つめている。

「ようやく、こちらの世界で会えましたね」

彼女はそれだけ告げると、愛らしく微笑んだ。

心の底から溢れ出る「嬉しい」って感情を爆発させたかのような、まさに弾ける笑顔であった。

「まったくだな。一時はどうなるかと思ったけど……聖樹を救えてよかったよ」

「あなたには、感謝してもしきれません」

「こっちも同じだよ。聖樹の力を借りて、これからガウベル地方は生まれ変わっていくんだからな」

俺と精霊が会話をしていると、その話の内容からようやく流れを掴んだらしいふたりの女の子が背後で叫ぶ。

「あっ！　この子が夢に出てきたっていう精霊ね！」

「可愛い～！」

「あなた方とは初めてお会いしますね」

精霊がペコリと礼儀正しく頭を下げると、ふたりのテンションはさらに上がる。事前に存在を明かしておいたっていうのもあるのだろうけど、すんなり受け入れられたみたいでよかったよ。

三人のやりとりを見守っていると、窓の外に見える聖樹の枝が風もないのに揺れ、葉っぱ同士が擦れ合ってざわざわと音を立てた。なんだか、「おかえり」って言われているような気がする。

「聖樹……」


魔力を失うことなく、これからもこの地に根づいて俺たちを助けてくれるだろう。

でも、助けられるだけじゃなく、俺たちも聖樹の力になりたい。

今回の件を通して、強くそう思うのだった。

◇◇◇

聖樹が復活して三日が経った朝。

この日はクレイナとともに商業都市バノスでの今後の商売方針について話し合う。

エノ村は普段通りの生活を取り戻しており、相変わらず聖水によって育てられた野菜は好評のようだ。

俺たちだけでは管理しきれないほどの依頼が殺到しているが、それはクレイナがうまく処理してくれている。なんでも、優秀な専属秘書さんとやらがいて、彼女が商業都市バノスでの宣伝活動などを取り仕切っており、それが好評を呼ぶ要因のひとつにもなっているらしい。

「そんな凄い秘書さんがいるなら、一度会ってみたいな」

「…………」

「クレイナ？」

なぜか秘書の話を出したら複雑そうな表情を浮かべて黙ってしまった。

困っていると、モリスさんが助け舟を出してくれる。

「あの人は美人ですからねぇ。お嬢様が会わせたくない気持ちも分かりますよ」

「っ⁉　モ、モリス⁉」

「おっと。失言でしたね。申し訳ありません」

まったく悪びれる気のない謝罪だなぁ。

俺としては美人とか関係なく、それほど優秀な人はどんな人なのか、一度会っていろいろと勉強したいところではあるんだけど。まあ、クレイナ曰く、近いうちにここを訪れるらしいので、その時に話を聞けたらいいかな。

こんな感じで変化のない日々を過ごし——いや、大きく変わった面もある。

「リオ！　お掃除終わったよ！」

「ありがとう、アイハ」

元気に掃除の終了を報告してくれたアイハ。

彼女がもっとも変化した存在と言えるだろう。

別段変わったところはないようにも思えるが……目に見える変化としては服装があげられるか。

なんと、今のアイハはメイド服に袖を通していた。

これは聖樹屋敷のメイドとしてアイハを雇ってくれないかとジェイレムさんから依頼を受けて実現したものだ。

俺は、これまでの生活の大半は使用人の世話になってきた。

これからはいろいろと自分の手でやっていかなければならないのだが……長い貴族生活が祟って、家事全般にはめちゃくちゃ疎かった。

そこで、家事が得意だというアイハが名乗りをあげてくれたのだ。

正直なところ、これは大助かりだった。これまでずっとやり続けてきただけあって手際もいいし、なにより仕事が丁寧で速い。まだ日は浅いものの、本職のメイドにも負けないくらいの有能さを披露していた。

ちなみに、着ているメイド服はクレイナがチョイスしてプレゼントした物で、本人も気に入っている。いつか、クレイナにもお返しがしたいと言っていたな。

そういえば、聖樹屋敷には新しい仲間もいるんだった。

「私たちもお手伝いします」

「なんでも言ってよ！」

「バッチリこなしてみせるわ！」

「うん。今日もよろしくね、みんな」

アイハの肩にとまってそう告げたのは聖樹の精霊――だが、その数はひとりから三人に増えていた。

最初に俺たちと接触した精霊曰く、これから数は増えるとのことだったので驚きはしないのだが……一体どこまで増えるのかっていう終わりが見えない怖さはある。

とはいえ、別に凶悪なモンスターというわけじゃないし、体も小さいから深刻な問題にはならないかな。彼女たちが増えていくのは聖樹が元気な証。むしろ歓迎するべきだ。

あと、さすがに精霊と呼び続けるのは忍びないので、近々三人には名前を贈ろうと計画している。

それから、専用の部屋も用意してやらないとな。

――彼女たちも立派な領民なわけだし。

クレイナとの話し合いがひと段落したら外に出て農場の様子をチェックに向かう。

「あっ！　領主様！」

「おはようございます、領主様」

「おはよう、みんな」

農場ではすでに本日の出荷分を馬車へ詰め込む作業に取りかかっていた。

従事者の数が少ないため、需要に対して農場の規模は小さい。さらに、最近では新たな種類の野菜を育てようと商会側と協議していた。そのため、農場で働いてくれる人材の確保も今後の課題のひとつとなっている。

「まだまだ乗り越えなくちゃいけない問題はあるな……」

聖樹消滅という最悪の危機は逃れたものの、領地運営に関する問題はまだ完全にクリアできたわけじゃない。

これからその課題にどう向き合って解決していくのか……領主としての腕の見せどころだろう。

……きっと、俺ひとりでは解決できない。

頼れる仲間たちの力もきっと必要になってくる。

活気溢れる村人たちの姿を眺めていたら、

「領主殿」

モリスさんが声をかけてきた。

「どうかしましたか？」

「先ほどギニス村からの使者が到着しまして、今日の昼過ぎにはこちらに合流できる見込みとなっているそうです」

「分かりました。それじゃあ、バノスへ向かう人たちにはいつもより早めに切り上げてきてもらうように伝えておきます」

「ご心配なく。すでに報告済みです」

「さすが！　仕事が早い！」

今日はギニス村の人々を招いて、盛大な宴会を開くことになっていたのだ。

これは領民たちにとって待望のビッグイベント。

ずっと楽しみにしていたからなぁ。

「あたしも今日はみんなとバノスへ行って、事務所へ顔を出そうと思うの。ダンジョンが見つかったのなら、ギルド運営が可能かどうか問い合わせもしておきたいし。リオは今日どうするの？」

「聖水の影響がどこまで広がっているのかをチェックしつつ、新しい発見がないか調査に行くつもりだ」

「それなら、私は家事をやりつつ宴会用の料理を仕込んでおくね」

気合を入れるように、アイハは腕まくりをしながら「ふん！」と鼻を鳴らす。

「じゃあ、次に会うのは宴会になりそうね」

「だな。気をつけて行ってきてくれよ、クレイナ」

「それはこっちのセリフよ」

「ふたりとも、迷子にだけはならないようにね」

……なんだか、アイハに子ども扱いされているけど、油断すると本当にそうなりそうだから注意しないと。

俺たちは宴会の始まる夜までに仕事を片付けるため、それぞれの職場に向かっていった。

聖水の影響は思った以上に広がっていた。

水や草木が豊かになると、それに合わせていろいろな生き物たちも集まってくる。たとえば泉から漏れ出て形成された川には、どこから来たのか、大小さまざまな種類の魚が元気に泳いでいた。

日を追うごとに改善されていくガウベル地方の環境。

すべてがこの辺りのようになるのはまだ先の話になりそうだが、順調に広まっているようでなによりだ。

今日は宴会もあるし、調査は早めに切り上げて村へと戻ってきた。

みんなが準備を進めてくれている宴会場からはとてもいい匂いが漂ってくる。遠くにいても、この村がここに存在しているんだっていうのが分かって、なんだかホッとするな。

宴会場へ向かう前に、新しくつくった厩舎に馬を戻しておく。作業を終えると、ちょうどそこへアイハがやってきた。

「あっ！　リオ！」

「アイハか。どうだい？　宴会の準備は」

「もうバッチリだよ！　ラーシェちゃんたちもすでに到着しているし！」

「そうなのか？」

まだちょっと時間がかかると思っていたが、すでに到着していたとは。向こうもヤル気満々らしいな。

「会場ではクレイナちゃんも待っているよ！」

「よし、なら俺たちもすぐに行こうか」

「うん！」

俺はアイハとともに会場となる宴会場へと急ぐ。

距離が近づくと、だんだん人の声が聞こえてくる。

それは徐々に大きくなっていき——現場へ到着すると数の多さに驚かされる。

「凄い……こんなにたくさんの人が……」

エノ村とギニス村の人々や、サンド・ワーム討伐作戦にダンジョン探索などで世話になった商人、冒険者たちもいる。

「おぉ！　領主様が戻られたぞ！」

「よっしゃ！　主役も来たことだし、宴会を始めよう！」

どうやら、みんな俺の到着を待っていてくれたらしい。

「ほら、領主として宴会の始まりを宣言してよ」

「お願いします」

クレイナとラーシェにリクエストされて、みんなの前へ。

全員の視線がこちらへ集まる中、代表者として呼ばれた俺は――

「え、えっと……今日は全力で楽しみましょう！」

当たり障りのない、至って普通の言葉をかける。

――だが、すでに高ぶっていたみんなにはそれで十分だった。

「「「「うおおおおおおおおおっ‼」」」」

地鳴りのような歓声があがる。

それが、宴会開始の合図となった。

ここから先は住んでいる場所も種族も関係ない。今、この場所に集まった者たちで喜びを分かち合う時間となる。

音楽が奏でられ、あちこちから自然と笑い声が聞こえてきた。

「本当によかった……」

楽しそうにしているみんなの様子を見ていると、これまでの苦労が消えていくよ。

もちろん、この成果は俺だけで成し得たものではない。――みんなが協力して、この地をよくしようと頑張った結果だ。

「なにをしているのよ、リオ！」

「こっちに来て、一緒に食べようよ！」

「とってもおいしいですよ！」

「あぁ、今行くよ」

クレイナ、ラーシェ、アイハに呼ばれてそう答える。

気がつくと、俺の肩には三人の精霊の姿もあった。

「みんなも一緒に楽しんでいこう」

「「「はい！」」」

元気のいい返事を耳にして、俺の顔も綻ぶ。

これからも、聖樹やみんなと一緒にこの領地を盛りあげる——そう誓って、みんなのもとへ駆けだした。

あとがき

このたびは本作を手に取っていただき、ありがとうございます。

作者の鈴木竜一です。

今年でデビューから四年が経ったのですが……正直、まったく実感がないです。

書籍作家になりたいと目指したのが二十代前半。

あの頃は公募の一次選考に落ちまくるし、ＷＥＢでもまったく読まれないし……いつデビューできるのか不安になりながら執筆を続けていましたが、今になって振り返ると、やっぱりあきらめずに続けておくべきだなぁと思います。

おかげさまで、書籍作家となってから何冊か本を出させていただいているのですが、そんな中でも本作は鈴木にとって初となる書き下ろしの新作となります。

当たり前の話なんですが、書き下ろしとなるとなにもない状態から作品を書きあげるということで、これまでとはまったく違ったアプローチからの執筆になりました。

もっとも苦労したのは全体を通して「不安」が強く出たこと。

ＷＥＢ投稿小説からの書籍化であれば、大体のストーリーや設定、キャラクターを知った上で声をかけてくれるのですが、書き下ろしだと順序が逆になるのです。

果たして、このお話で大丈夫か？

このキャラクターで問題ないか？

作業を進めていく中で、そんな不安が脳裏をよぎっていました。

ただ、「スローライフ」という全体のテーマ自体は決まっていたので、主人公たちをどう活躍させていくのか、構想を練り、書き始めたらとても楽しく、筆の進みは速かったですね。

今回の作品について一番力を入れたのが、「主人公たちが暮らす拠点となる場所」でした。

スローライフというからには、やはり農業や工作などに力を入れていく場面が一番盛り上がると思います。荒れ果てた大地はスローライフにもっとも向いていない場所ですが、主人公リオは聖樹の力を借りてそんな荒野をどうやって豊かにし、発展させていくのか……それはぜひとも本編を読んで確認してみてください。

では、最後に謝辞を。

担当のIさんには大変お世話になりました。初の書き下ろしでいろいろとご迷惑をおかけしましたが、いつも的確なアドバイスをいただき、感謝しております。

イラストを担当してくださったＫｅＧ先生も、素敵なカバーや挿絵イラストを手掛けていただき、本当にありがとうございます。

それでは、またお会いしましょう！

鈴木《すずき》竜一《りゅういち》

聖樹の加護付き辺境でスローライフを謳歌する
～追放されたけど全属性魔法を授かったので精霊や領民たちと楽しく暮らしてます～

2023年3月24日　初版第1刷発行

著　者　鈴木竜一

発行人　菊地修一

編集協力　鈴木希

編　集　今林望由

発行所　スターツ出版株式会社

〒104-0031　東京都中央区京橋1-3-1　八重洲口大栄ビル7F
☎出版マーケティンググループ　03-6202-0386
（ご注文等に関するお問い合わせ）

https://starts-pub.jp/

印刷所　大日本印刷株式会社

ISBN　978-4-8137-9221-5　C0093　Printed in Japan

［鈴木竜一先生へのファンレター宛先］
〒104-0031　東京都中央区京橋1-3-1　八重洲口大栄ビル7F
スターツ出版（株）　書籍編集部気付　鈴木竜一先生

解雇された
宮廷錬金術師は
辺境で
大農園を
作り上げる
～祖国を追い出されたけど、
最強領地で
スローライフを
謳歌する～
2
錬金王
illust. ゆーにっと
グラストNOVELS
型破りな錬金術師が作る大農園、
さらにパワーアップして
留まるところを知らず…!?

ともに新たな世界へ

好評発売中!!

毎月第4金曜日発売

著・マライヤ・ムー 今井三太郎 蒼乃白兎　　イラスト・福きつね

定価:1320円(本体1200円+税10%)　ISBN 978-4-8137-9147-8